鲁迅信札藏笺

晏清 詹秋洁 编著

浙江摄影出版社
全国百佳图书出版单位

责任编辑：张　磊
装帧设计：张　磊
责任校对：朱晓波
责任印制：汪立峰

图书在版编目（CIP）数据

鲁迅信札藏笺 / 邹晏清，詹秋洁编著. -- 杭州 : 浙江摄影出版社，2021.7
ISBN 978-7-5514-3202-3

Ⅰ. ①鲁… Ⅱ. ①邹… ②詹… Ⅲ. ①鲁迅书简－书信集 Ⅳ. ①I210.7

中国版本图书馆CIP数据核字(2021)第135080号

LUXUN XINZHA CANGJIAN
鲁迅信札藏笺

邹晏清　詹秋洁　编著

全国百佳图书出版单位
浙江摄影出版社出版发行
地址：杭州市体育场路347号
邮编：310006
电话：0571-85151082
网址：www.photo.zjcb.com
制版：杭州真凯文化艺术有限公司
印刷：杭州捷派印务有限公司
开本：787mm×1092mm　1/16
印张：14
2021年7月第1版　2021年7月第1次印刷
ISBN　978-7-5514-3202-3
定价：128.00元

序

书面交流是艺术，话要得体，字要漂亮，名家书信往往被奉作艺术品。作为信息载体，书信又不仅仅是艺术品——它承载着礼仪、思想和情感，是具有多重价值的遗存，兼具文物、档案、史料等性质。

中国素有“礼仪之邦”美誉，根据写信的目的，格式、语句、口吻都各有规矩。书信很早就成为一种文体，细加区分，有“书”“启”“笺”“简”“帖”“教”“状”等名目之别。虽然繁复，但书信依然恪守礼仪，旨在达意——抒发情感，正如陆机《文赋》所言：“函绵邈于尺素，吐滂沛乎寸心。”刘勰《文心雕龙·书记》也说：“故书者，舒也。舒布其言，陈之简牍，取象于夬，贵在明决而已。”书信洞开着人们的思想与情感、见解与判断，自古即名篇迭出，从司马迁《报任安书》到陶渊明《与子俨等疏》、李白《与韩荆州书》，等等，不胜枚举。晚明意大利传教士利玛窦来华，便惊叹于中国文人书信的发达。

在外国机器印刷尚未传入时，古来书信的面貌大致不出墨迹、拓本、刻本三类。刻本是文学史、文献学研究对象；拓本是俗称“黑老虎”的法帖，有精专的帖学与之周旋“血战”；而墨迹，就是历代名家墨宝，近来渐成藏家“新宠”。除去新的《中国尺牍文学史》一类书信通史出版外，关于名家书信手迹的介绍正日益增多，近现代名家书信影印本、整理本或原件墨迹与释文标点对照本等时有问世。这些对于欣赏书法、挖掘历史来说，功不可没。就鲁迅手迹而言，文物出版社曾出版《鲁迅手稿全集》，包括书信在内的其主要墨迹均予收入，更为齐全的新版手稿全集也即将问世，这都属于大部头的墨宝著录影印，而一般读者了解鲁迅，研究其书信，仍需要篇幅合适的选本。

邹晏清、詹秋洁两位上海鲁迅纪念馆专业人员编著的这册《鲁迅信札藏笺》，于广大读者来说就是严谨而不失轻快的适合选本。本书采用公藏资料，来源可靠，递传清楚。除了篇幅适中以外，我觉得其还有两个特点：一是突出了鲁迅的真情，本书通过解读鲁迅信件文字，使人具体了解鲁迅对母亲的孝顺之心、对兄弟的手足之情，他孝顺长辈，又尊重女性、扶掖后进，有时可谓事必躬亲、无微不至；二是本书将鲁迅的信与所使用、定制的笺纸一起串讲，使人知道鲁迅对写信这件传统文人的要事常怀审美的眼光，将其置于手工雕版、饾版印刷的笺纸笺谱传统工艺环境中来考察，使得信与笺相映成辉。当然，其中鲁迅的书法之美，更是不言而喻的欣赏亮点。

鲁迅的思想已然深刻，而通过他的书信，我们又知道他在生活中是个有情有义的人，有趣味的人、高尚的人。这也是我推荐这部选本的理由。

顾音海

2021年6月

目 录

鲁迅的情怀与书信

石在，火种是不会绝的。

一 “信”和“写信”

信最原始的功能是传递信息。鲁迅友人、著名学者陈望道在《修辞学发凡》中曾引用了一封北美印第安人“奥吉倍女子的信”，颇可寻味。那信实际是一幅图画，左上角画一头熊，是女子所在部落的图腾标记；左下则画一条泥鳅，是收“信”男子部落的图腾；另画数条曲折有致的线，表示行进的路径；三个圆圈表示湖沼；两个三角垛即帐篷，并在上面画有约会的标记。虽然这只是卡通式的图画，但信息很明确，那是女子召他前去的意思。自从文字创立以后，人们得以借助书面语言更加完整、丰富地表达思想感情，信件往来也逐渐成为交流的寻常方式。人们对于书信的称呼也日渐丰富，有“尺牍”“尺素”“信札”“鸿雁”“尺鸿”，等等，不一而足，但都着重强调着“传递”的意思。传递，自然是传递信息，内容为上。但是，随着物质生活的发达、纸张的发明、书写条件的改善，写信这件事渐渐变成一种礼仪，其格式也慢慢讲究起来，词藻也慢慢丰富甚至华丽起来，进而形成了一种专门的文体。同时，写信用的纸张、封套等相关物件，也随之“化旧翻新，穷工极变”，尽可能地生发出更多的优雅情趣。再有，那书写的字迹，更是马虎不得，被上升到了书法的高度。

书信对于中国古代文人间的交流有着极其重要的作用，似要远胜于当面攀谈。明末，意大利传教士利玛窦来华，发觉中国文人一直把绝大的注意力放在书面语言的发展上，又特别喜欢写信，即便是住在同一座城市，而且离得很近，也常常是书信往来，而不见面谈话。时至今日，留存的历代名家手札，不少已成为中国古代书法的瑰宝，“二王”羲献父子墨迹（包括钩摹本）便是如此。清乾隆帝三希堂藏王羲之《快雪时晴帖》、王献之《中秋帖》和王珣《伯远帖》，皆是书信。尺素之上，虽只言片语，却满载着人世间的真情，文采飞扬，笔墨酣畅，使书信本身成为一件具有丰富内涵的艺术品。书信的艺术审美特性扩大了其社会功能。名家书信中的语言兼具实用性和美感，往往被编成范本。清初就有一批选本出版，如李渔的《古今尺牍大全》、周亮工的《尺牍新钞》、汪淇等人的《分类尺牍新语》、陈枚的《写心集》，以及张潮的《尺牍友声》和《尺牍偶存》等。而那些名家尺牍的墨迹则被刻在石上，通过捶拓化身千百，作为法帖，为后世学书的典范。自北宋淳化三年（992）第一部丛帖《淳化阁帖》刊刻，到清乾隆十九年（1754）《三希堂法帖》问世，仅仅是著名的丛帖就不胜枚举，而原刊本加上翻刻本，更是数不胜数，竟然催生出一门精专的“帖学”——专门研究黑底白字的“黑老虎”之学。此外，古代文人对于纸张的要求已不再局限于质料，还通过染色、雕版刻印等手段美化纸张、丰富旨趣。好的笺纸受到文人青睐，用于题词作诗，也用于书信，唐代就有才女薛涛研制的“薛涛笺”，明末专门刊印有笺谱，《萝轩变古笺谱》《十竹斋笺谱》等都是名品佳制。

进入现代，社会转型，世风多变，洋墨水、自来水笔与传统墨锭、毛笔共存，机制纸与手工宣纸并行，古文、白话与外文杂糅，通信亦更加发达，现代邮政促使信件递送更加快捷、精准。一封书信装进狭小的封套内，贴好邮票，投入邮筒，化作鸿雁；千里之外，不数日即可收悉。这使得人与人之间的交际更加频繁，交流加深，信件数量陡增。然而在海量的通信中，能够在数年之后依然存世而未被销毁的，据专业估计不足百分之五，私信尤少。

因此，留存下来的名人信札，好的文字、好的墨迹，加上好的信纸，这种种因素叠加起来，是何等耐读、藏赏两宜的宝物。鲁迅，这位新旧之交的文化巨人、思想巨子，他用绍兴土产的“金不换”兼毫小楷写的信、他所用的特制信笺，在其文化遗存中具有特殊的意义。鲁迅信札，是载体，是艺术品，是史料，可供研究、解读，更值得欣赏。而在这些多元、综合的价值里，首先凸显的，是鲁迅的情怀。他坚持用毛笔

上海山阴路大陆新村鲁迅故居

鲁迅在这里度过了其人生最后的三年。二楼的这间房间是他的卧室兼工作室，1936年10月19日，鲁迅于这间屋内去世

“绍兴卜鹤汀双料金不换”兼毫小楷笔

鲁迅一生大部分时间用这个家乡品牌的毛笔书写，写信亦然。他在《答杨邨人先生公开信的公开信》中说：“我并无大刀，只有一枝笔，名曰‘金不换’……是我从小用惯，每枝五分的便宜笔”

书写，是一种情怀；他收藏笺纸，和郑振铎一起编印笺谱，是一种情怀……鲁迅是有情有义之人，其信札字里行间蕴含着浓浓的亲情、友情，这是鲁迅人品的写照。鲁迅曾摘录清人何溱（号瓦琴）诗句赠瞿秋白："人生得一知己足矣，斯世当以同怀视之。"人生一大乐事或要事，即是交往，通过交往，沟通讯息，增进了解，抒发情感，拥有爱和友情。

尺素清芬，吉光片羽，鲁迅信札弥足珍贵，虽然他在听说自己的书信手迹被人装裱、收藏起来后并不以为然。

二　真言和真情

鲁迅的个人生活、和友朋的交往始终与信件相伴。信的内容当然是多方面的，有礼尚往来、有探讨问题、有直抒胸臆、有回敬诘难、有问候、有助人……都透着鲁迅的真言与真性情。鲁迅是一个真实的人、纯粹的人，这一点，从他和亲朋与青年的通信中看，是很突出的。

鲁迅出身于传统的士大夫家庭。周家在清乾隆年间是累世耕读、有万亩良田的望族，后虽渐渐没落，但书香门第家教颇严。祖父周福清由科举步入仕途，中进士后入翰林院，外放"最是吃硬"的县官，后再度入京任内阁中书，一直做了十多年的京官。他希望子孙继续走仕途的老路，以光宗耀祖，但其人亦有着比较开明的一面。周建人曾回忆说："祖父是封建家庭的家长，但是和别的同时代的家长相比，他比较民主些。"周福清同意幼子伯升和孙子树人、作人进新式学堂。鲁迅去日本留学，寄回剪辫子后的照片，外人看了，盛传周家出了"逆子"，但周福清却认为这不足为奇，应该"入乡随俗"，可见他并不反对接受新文化。祖父是对鲁迅有深刻影响的人，周福清贿考案是周府由盛转

鲁迅像（1903 年摄于日本东京）

鲁迅在日本东京弘文学院江南班第一个剪去辫子，并拍照留念

衰的大事件，也是对少年鲁迅产生极大影响甚至是刺激的事件。鲁迅保留了自己手抄祖父撰写的《恒训》，其文中贯穿着自立自强、求实通变的思想，这也是和周福清自由读书的主张相吻合的。今存周福清于光绪十五年（1889）自北京寄儿子周凤仪（鲁迅父亲）的信，附有《诗韵释音》两部，另有“示樟寿（‘樟寿’是鲁迅出生时祖父为其取的名字）诸孙”的附信，叮嘱孙辈学诗“初学先诵白居易诗，取其明白易晓、味淡而永，再诵陆游诗，志高词壮，且多越事”。这年鲁迅九岁，这封祖父写给晚辈的信是鲁迅少年时期接触的家信之一。光绪戊戌年（1898），鲁迅十八岁，他赴杭州看望狱中的祖父及陪侍的二弟作人，又经上海赴南京洋务学堂读书。这一时期，他购买宣传新思想的书籍、读《申报》，关心国家局势。在家信中，鲁迅谈到了由维新派办的《知新报》上刊登的一张“列强瓜分中国图”，“言英、日、俄、法、德五国，谋由扬子江先取白门，瓜分其地，得浙英也”，又谈及绍兴一带拆洋教堂，传闻武童杀洋人四名等。这些都体现出鲁迅在青少年时代就已萌生了忧国忧民、以“修”（身）“齐”（家）“治”（国）“平”（天下）为己任的家国情怀。

恆訓

有恆心有恆業有恆產有恒心得見有恒善聖之基人而無恆不可以作巫醫持恒能久視此訓辭光緒二十五年歲次已亥元月十八日介孚手書

力戒昏惰

昏者必惰惰者必昏　每日胡思亂想心在遊嬉喫著以致遇事輙忘不肯用功學習文字羣居談謔出外貪嬉弄得一事無成老不作爾無家無業人人賤惡雖衣服華麗路人已

周福清《恒训》鲁迅抄稿

鲁迅祖父周福清因贿考案下狱，在狱中他写信给儿孙，“将生平所闻见者、可法可鉴持身保家之道，备述此编”。少年鲁迅将《恒训》予以工整抄录

如果说，嫉恶如仇、刚直耿介的祖父对少年鲁迅产生了一定的影响，那么，母亲鲁瑞正直、善良而又坚韧、顽强的性格则更加深刻地影响了鲁迅。鲁瑞也是名门出身，虽然没有上过学，却“以自修得到能够看书的能力”，她还是个思想开朗，愿意接受新事物的人，天足运动兴起，她就“放了大脚”。周建人回忆母亲说：“她性格开朗、宽厚，无论我们怎么顽皮淘气，也没有看到她真正动怒，总是那么和颜悦色，无论后来家里遇到什么灾难，她从不愁眉苦脸，总是那么坚韧刚强。”尤其在遭遇一系列灾难——长女夭亡、公公因科场案入狱候斩、丧夫丧子之后，仍顽强地支撑起这一摇摇欲坠的大家庭，在艰难中，将三个儿子扶养成人。有时公公和继室蒋氏吵架，家里不得安宁，她也会站出来说话。周建人回忆：“有一次，他们在小堂前坐着，又吵开了，祖父骂了祖母。我母亲从自己的房里走出来，很严肃地对我祖父说：‘这么大年纪了，还吵什么？头发都白了，还不给小辈做个样子？’祖父没有料到我母亲竟然会出头来，不觉一怔……他看了我母亲一眼，一言不发，逃进自己的房里去了。从此以后，虽然对祖母的感情还是不好，但不再吵吵闹闹了。”鲁瑞对孩子的爱是深切而宽博的，当鲁迅提出求学的要求，她在极其困难的条件下，顶着来自各方面的非议，变卖首饰，供他去南京洋务学堂读书，之后又让鲁迅东渡日本留学。接着，又送其余两个孩子——周作人、周建人走出家门，踏上外出学习的成材之路。鲁迅对母亲则很是敬爱与尊重，外出前、归家后必去母亲房内请安，还常陪老人说话，又买不少小说故事寄母亲阅读。鲁迅在给萧军、赵其文的信中说：“我的母亲是很爱我的。”“感激，那不待言，无论从哪一方面

说起来，大概总算是美德罢……我因为感激她的爱，只能不照自己所愿意做的做。”鲁迅是长子，父亲去世早，家境又如此不堪，因此更增添了他的责任感和孝心，他对母亲、对弟弟，都怀有深厚的亲情。鲁迅听从母亲安排而接纳朱安为妻，也是孝心的表现之一。今天留存的鲁迅致母亲信件，字里行间有许多无微不至的问候。他知道母亲爱孙子（海婴），信中就尽量详细描述海婴近况，好让老人放心；在回复母亲的信中，也让海婴写上几句问候的话；他自己病重后，自1936年起，才在信中断断续续向母亲报告病情，从胃病、肺病，到“吐了几口血”，既没有隐瞒，也不让老人一下子受到精神上的打击。“老吾老，以及人之老；幼吾幼，以及人之幼”，敬爱亲人，友爱世人，“孝”是根基。鲁迅与两个弟弟情同手足，通信频仍，在与二弟周作人失和前，常与之书信往来，交代琐事、处理杂务，事无巨细均一一叮咛。“长兄如父”，鲁迅作为大哥，真是竭尽全力，尽到了扶掖之责。虽然当年的信札实物大多已经不存，但在周作人、周建人的记录或回忆中，点点滴滴都有反映，也是他们所永久记得的。而鲁迅、许广平是伴侣，亦是师生，是战友，两人共同谱写了一曲感人、浪漫的爱情之歌。他们之间的通信，有文情并茂的《两地书》出版，便是很好的佐证。

鲁迅对青年总是寄予热切的希望，突出的例子是在发起新兴木刻版画运动中，对于木刻青年的指点、开导。只要有时间，他几乎是有问必答，这些教导大多数是通过信件往来进行的。其中，广东籍青年是突出的木刻群体，他们在人员和作品的数量、质量上，构成了木刻运动非常重要的一股力量，并取得了丰硕的成果。他们与当时很多追求进步的青年一样，以鲁迅为导师，争相求教；而鲁迅也以“甘为人梯”的精神和他们通信，耐心指导，为他们寄书、购买工具、为作品集作序，甚至资助出版，还推介一些优秀作品参加国内外各项展览。这些青年中有陈铁耕、钟步卿、罗清桢、李桦、陈烟桥、黄新波等，他们坚定地走上了新兴木刻的创作道路，有的后来成长为著名木刻家，为推动中国现代美术发展作出了贡献。他们之中，陈铁耕最早寄木刻作品给鲁迅，请鲁迅给予指导。他于1932年7月寄鲁迅泥刻版画五幅，又在12月寄木刻八幅。鲁迅收到后立即回了信。而受陈铁耕影响参与木刻创作活动的罗清桢，则与另一位青年李桦一起受到鲁迅的重视与好评。鲁迅在给金肇野的信中说，“擅长木刻的，广东较多，我以为最好的就是李桦和罗清桢”，“罗、李二人，其技术在中国是很好的”。虽然评价如此之高，但在具体问题上，鲁迅是很严格的。比如，他在1933年7月6日致罗清桢信中写道：“倘许有所妄评，则愚意以为《挤兑》与《起卸工人》为最好。但亦有缺点：前者不能确然显出银行，后者的墙根之草与天上之云，皆与全幅不称。最失败的可要算《淞江公园》池中的波纹了。”罗清桢将作品修改后，又寄鲁迅求教，鲁迅9月29日复信：“蒙赐示并木刻四幅，甚感。《起卸工人》经修改后，荒凉之感确已减少，比初印为好了。新作二幅均佳，但各有一缺点：《柳阴之下》路欠分明；《黄浦滩头》的烟囱之烟，惜不与云相连接。”从信中可以看出，鲁迅对木刻青年的指导是不厌其烦、循循善诱的，始终充满着热忱与期望。李桦的情况与罗清桢类似，鲁迅在给李桦的信中指出“先生之作，一面未脱十九世纪末德国桥梁派影响，一面则欲发扬东方技巧，这两者尚未能调和”。这是对李桦作于1934年的《色刷木刻十帧》说的。此为李桦的木刻创作探索，他在做版画之前，已有比较扎实的素描等其他绘画基础，这是初入木刻门槛的一般青年很少具备的，故鲁迅对他提出了更高的要求。

鲁迅对于缺乏创作经验的木刻青年一直是非常耐心而包容的。比如，刘岘与黄新波编了《无名木刻集》请鲁迅作序，拿到鲁迅序言手稿后，由于保存不善，未等刻毕，手稿已毁坏。于是，刘岘只得请鲁迅再写一份，鲁迅并不责怪，当即又写了一份交他，即目前所见《无名木刻集》刊首。这篇序言可以视作新兴木刻运动的发起宣言。刘岘和鲁迅通信始于1934年1月，次年他赴日本学习美术，后回国参加抗日。他一生创作的鲁迅形象作品达百余幅，并发表了许多纪念鲁迅的文章，将鲁迅的教诲一直铭记于心。

罗清桢《清桢木刻画》（第一集）之《挤兑》

这是当时广东籍木刻青年罗清桢（1905—1942）寄赠鲁迅求教的作品，画面表现了银行挤兑的场景。作品得到了鲁迅的肯定，同时指出，画面中“不能确然显出银行”

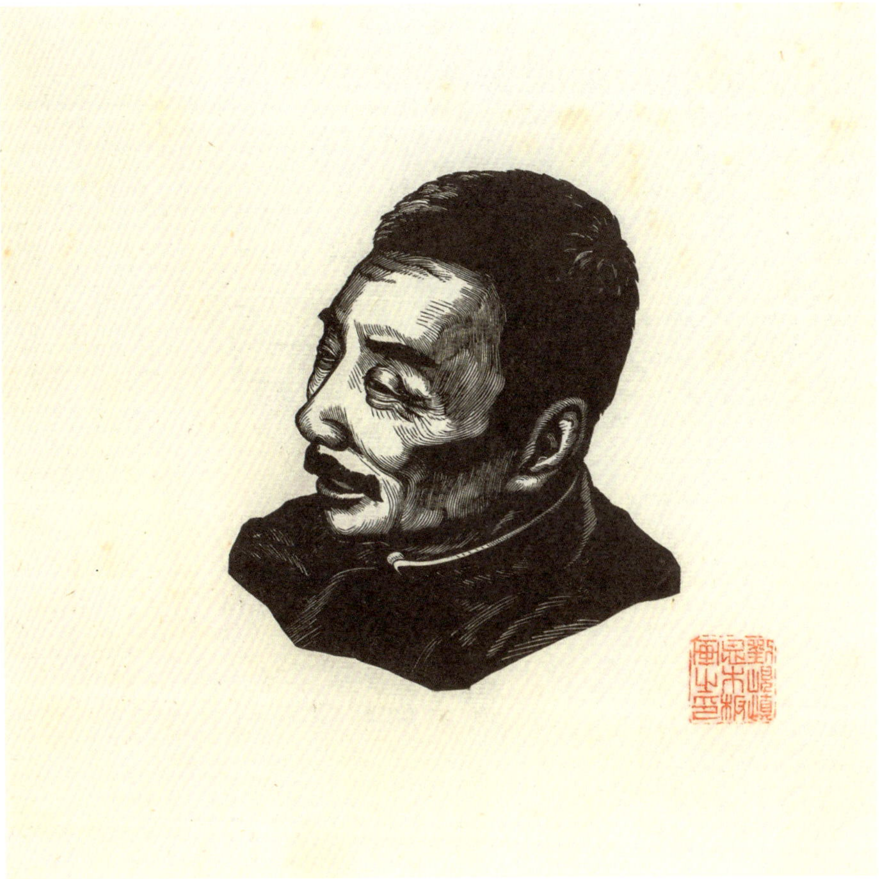

鲁迅像

版画家刘岘（1915—1990），原名王慎思。这是他于1970年创作的木刻鲁迅头像

周先生：：前奉上之書六冊及信二封均未見回信，我想大約收到了。

阿Q正傳因為沒了木板，改了先前的計劃——連環圖畫——要當插畫，現在已刻好了廿六幅，今奉上。阿Q我曾繪了十數次，都看々和心想的不合，就這樣雖稍覺還能表現一些麻木的神情，然而，又和原文相差億里了。原文不是這樣嗎：

「……然而記起的是做工，並不是行狀；一閒空，連阿Q早忘卻，更不說行狀」了。只是有一回，有一個老頭子頌揚說：「阿Q真能做！」這時阿Q赤着膊，懶洋洋的瘦伶仃的正在他面前……」。

其外，我因限於自己技巧的生硬，未必能表現出有原文意思的一二。但故事其中多種的動作，人物，我是知道寫的「夠格」還遠得很。然而，我的打算還刻阿Q連環圖。我敬待着

先生的指正好叫我在連環圖上改正他們。

我是生在民國，所已辮子我就弄不明白，我當真畫不好：不像了。

以上我所希望 先生的請不吝氣的給我些批評吧。這些時，我刻的插大，因時々生病，所已單幅只有十幾幅，

專此

敬頌

撰安

王慎思 敬上 廿五日夜

通訊處：本埠江灣復旦大學實驗中學姚昭銘收轉

王慎思（刘岘）致鲁迅（1935年5月30日）

周先生：

前奉上之书六册及信二封均未见回信，我想大约收到了。

《阿Q正传》因为没了木板，改了先前的计划——连环图画—变为插画，现在已刻好了，共廿幅，今奉上。阿Q我整绘了十数次，都看看和心想的不合，就这样虽稍觉还能表现一些麻木的神情，然而，又和原文相差亿里了。原文不是这样吗：“……然而记起的是做工，并不是‘行状’；一闲空，连阿Q都早忘却，更不必说‘行状’了。只是有一回，有一个老头子颂扬说‘阿Q真能做！’这时阿Q赤着膊，懒洋洋的瘦伶仃的正在他面前……”

其外，我因限于自己技巧的生硬，未必能表现出有原文意思的一二。但故事其中多种的劳作，人物，我是知道离“够格”还远得很。然而，我的打算还刻阿Q连环图，我敬待着先生的指正，好叫我在连环图上改正他们。

我是生在民国，所已（以）辫子我就弄不明白，我简直真画不好：不像了。

以上我所希望先生的请不客气的给我些批评吧。这些时，我刻的极少，因时时生病，所以单幅只有十几幅。

专此敬颂

撰安。

王慎思敬上　五月三十日夜

通讯处：本埠江湾复旦大学实验中学姚昭铭收转

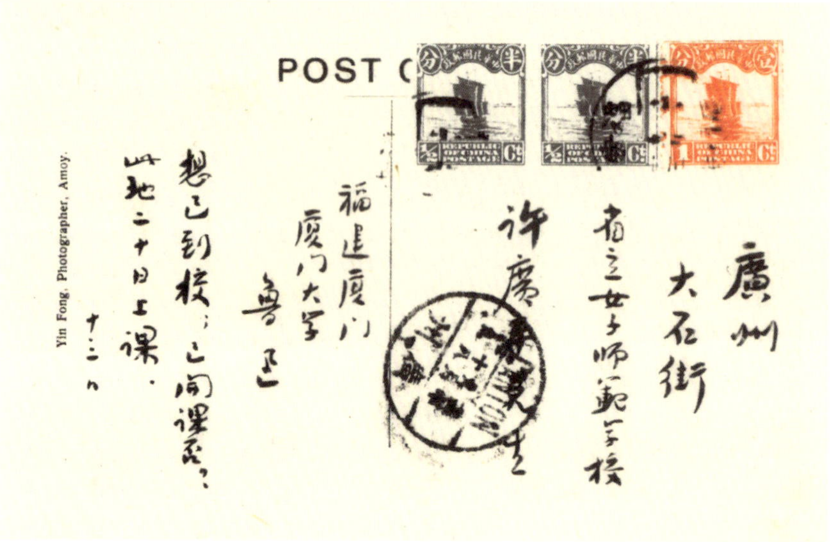

鲁迅致许广平（1926 年 9 月 11 日、13 日）

这是鲁迅在厦门大学写给许广平的明信片，介绍学校环境。明信片背面写着：“从后面（南普陀）所照的厦门大学全景。前面是海，对面是鼓浪屿。最右边的是生物学院和国学院，第三层楼上有*（手绘标记）记的便是我所住的地方。昨夜发飓风，拔木发屋，但我没有受损害。迅。九，十一。”正面续写：“想已到校，已开课否？此地二十日上课。十三日。”

三　遗存和研藏

鲁迅生平交往友朋无数，书信是很好的佐证，但也许正是由于书信直言、真情的特性，在特殊年月里无法得以妥善保存而留世。典型的例子是1919年12月1日，已近不惑之年的鲁迅离京返绍，“此次回乡，是为了接家属到京定居”。由于是全家迁居，因此不仅对已有“一百来年”历史的祖屋做了“彻底地大清理”，而且在清理中烧掉了全部“家庭和亲友之间往来的书信”，包括祖父的日记和他写回的家信。“放在地上，有桌子般高的两大叠……这两大叠日记本，就足足烧了两天。”这虽然是周建人晚年的回忆，细节可能有出入，但大抵是事实，祖父日记连同许多书信被销毁了。

就鲁迅而言，据不完全统计，自1912年5月至1936年10月逝世，他所收书信有数千封，但其中许多信件因屡次迁居而没有留存，也有些是由于时局所迫而销毁的。例如，家信没有留存，尤其是二弟周作人的来信，见于日记记载的就有六百多封，但后来仅存了那封绝交书。另外，有些是一般的读者来信，例如鲁迅说，在发表《青年必读书》后受到不少谴责和攻击，“署名和匿名的豪杰之士的骂信收了一大捆”，这些信件自然也没有保留。

鲁迅收到的信，目前大部分由许广平捐赠而保存于北京鲁迅博物馆，并已经整理出版了原迹影印与标点释文的对照本，极便查阅，即张杰编著《鲁迅藏同时代人书信》（大象出版社2011年版）。其余留存于世者，见于文物出版社1979年出版之《鲁迅手稿全集》书信部分。目前，新版《鲁迅手稿全集》即将问世，所收资料包括书信，将更加齐备。

鲁迅亲笔信札今基本保存于公藏机构，如博物馆、图书馆等，偶见民间收藏，如近期拍卖之“鲁迅致陶亢德信”。但民间藏品时常引起真伪争议，这也成为鲁迅手稿（手迹）研究的一项内容了。

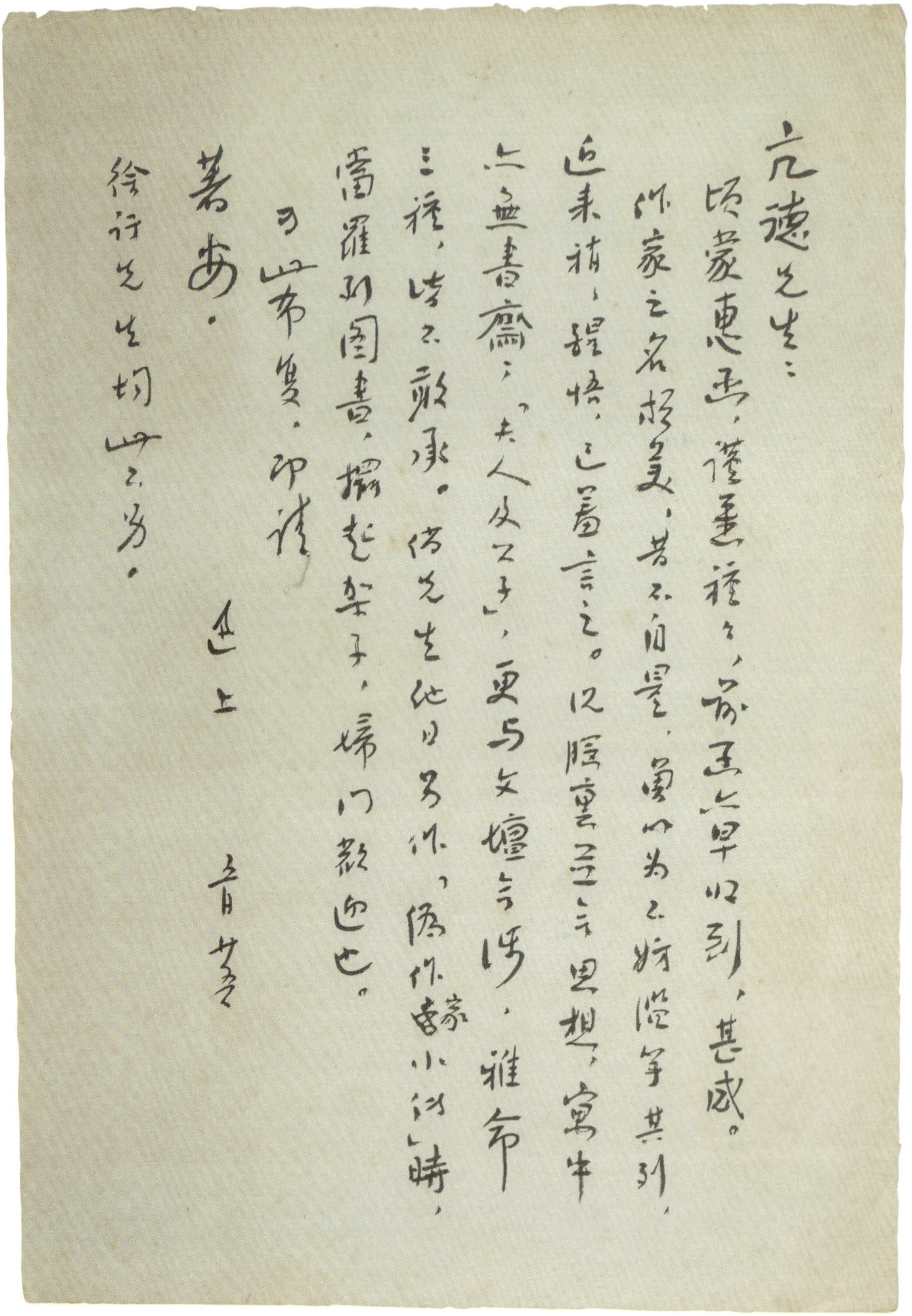
亢德先生：
顷蒙惠函，谨悉种种，前函亦早收到，甚感。作家之名颇美，昔不自量，曾以为不妨滥竽其列，近来稍稍醒悟，已羞言之。况脑里并无思想，寓中亦无书斋，「夫人及公子」，更与文坛无涉，雅命三种，皆不敢承。倘先生他日另作「偽作家小傳」時，当罗列图书，摆起架子，扫门欢迎也。专此布复，即请
著安。
迅 上 六月廿夜
徐訏先生均此不另。

鲁迅致陶亢德（1934年5月25日）

亢德先生：

顷蒙惠函，谨悉种种，前函亦早收到，甚感。

作家之名颇美，昔不自量，曾以为不妨滥竽其列，近来稍稍醒悟，已羞言之。况脑里并无思想，寓中亦无书斋；“夫人及公子’，更与文坛无涉，雅命三种，皆不敢承。倘先生他日另作“伪作家小传”时，当罗列图书，摆起架子，扫门欢迎也。

专此布复，即请

著安。

迅 上　五月廿五日

徐讦先生均此不另。

陶亢德（1908—1983），浙江绍兴人，民国时期著名出版人，曾先后任《生活》周刊编辑、《论语》杂志主编、《人间世》编辑，1935年9月，与林语堂共同出资创办《宇宙风》半月刊。他常写信向鲁迅约稿、请益。当时《人间世》杂志拟辟“作家访问记”专栏，以鲁迅为首选作家，由陶亢德函请接待访问，此为鲁迅复函。

鲁迅致陶亢德信札，目前公藏机构存有数通，此通为上海鲁迅纪念馆所藏。

母親大人膝下，敬稟者，十月十一日來信，均已收
前回的一封，也早收到了。牙痛近來不知如何？
痛，恐怕只好拔去，不過做牙無法可裝，却很
只能喫很軟的食物了。
海嬰很好，每天上幼稚園去，不大賴學了。他比夏天
一點，雖然還要算瘦，却很長，剛滿六歲，別人都
是八九歲，他是細長的手和腳，像他母親的。今年
喫魚肝油，沒有間斷過。
他什麼事情都想模仿我，用我來做比，只有衣服
學我的隨便，愛漂亮，要穿洋服了。

鲁迅的信

我们总要争取光明，即使自己遇不到，也可以留给后来的。

阅读鲁迅的信，是走近鲁迅的方式之一。那字字句句、谆谆话语，透过厚重而不失洒脱的笔迹，有时还借着笺纸的清雅，令人感到仿佛是触摸着那段历史。藉此，我们可以感知鲁迅的温度，还原他的方方面面。

兹择取部分书信，按内容略作排列，敬读如下。

一　出版

鲁迅是著作家，在当时图书报刊一统天下的单一传媒条件下，舆情、言论发布的主渠道就是图书和报刊的出版。所以，鲁迅除去自己写文章之外，还编了不少书刊，有时还要参与设计、制作甚至销售推广，对于编辑出版的每个环节他都非常熟悉。鲁迅和出版界人士的交往，或者和作者方谈出版事务，都有遗存信件可证。例如，上海鲁迅纪念馆藏鲁迅致赵家璧信札一册（四十五通）就是比较大宗的一批涉及鲁迅出版事务的信件。

这批信札最早的写于1933年1月8日，最后一通为1936年10月12日，即鲁迅逝世前一周。其中两封，因鲁迅病重，只能口述而由许广平代笔外，其余均由鲁迅亲笔书写在笺纸上；有些笺纸印有图案，有些则是没有图案的素笺。这批信件的主要内容，除了鲁迅对自己译作的校改外，还推荐了丁玲的《母亲》、周文的《父子之间》和葛琴的《总退却》三部小说；商讨了徐诗荃（徐梵澄）译作《尼采自传》和曹靖华译作《苏联作家七人集》的出版问题；以及对《中国新文学大系》的内容、篇目等作了精心安排，并亲自选编了其中的《小说二集》。

鲁迅第二本小说集《彷徨》

1926年8月，北新书局出版

鲁迅散文诗集《野草》

1927年7月，北新书局出版

赵家璧（1908—1997），上海松江人，兼长翻译、文学研究、编辑、出版。他对美国文学情有独钟，在1934年发表了《美国小说之成长》，认为美国新文学摆脱了英国的旧传统而独立发展，可以为中国新文学做借鉴，并翻译了1934年英国《双周评论》杂志上的文章《今日欧美小说之动向》，这对于当时国内的文学创作与研究而言非常及时。赵家璧还翻译了安德森的《冒险》《纸团》《成熟》三部短篇小说，和篇幅稍长的斯坦贝克的《月亮下去了》，均收入《美国文学丛书》中。赵家璧心中有着编辑出版庞大文学丛书的计划，他当时在颇具实力的上海良友图书印刷公司做文艺编辑（后任经理兼总编辑），1932年9月，为出版《良友文学丛书》，通过郑伯奇向鲁迅约稿，并与鲁迅有了通信。该丛书在1937年前陆续出版，收录了鲁迅、丁玲、巴金、老舍、郑振铎、徐志摩、周作人、林语堂等多位作家的作品。赵家璧更为突出的成就是，于1936年组织编辑出版了影响巨大的现代文学作品集、洋洋五百万字十卷本的《中国新文学大系》（第一辑），为中国现代文学出版矗立了一座丰碑。赵家璧在离开良友图书公司后，在老舍的帮助下成立了晨光出版公司，出版了《晨光文学丛书》和《美国文学丛书》。

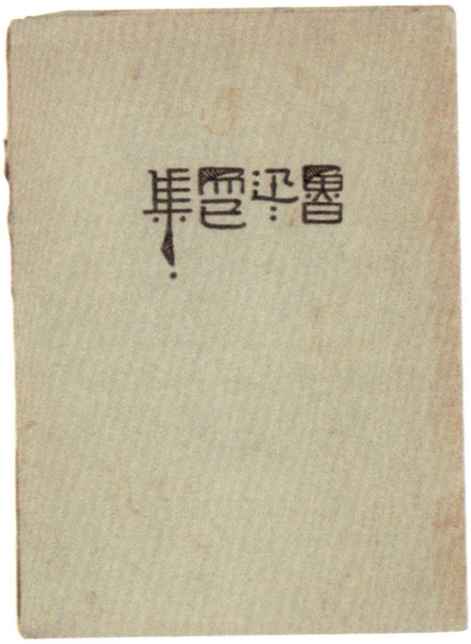

《而已集》初版本

1928年10月，北新书局出版

《二心集》初版本

1932年10月，合众书店出版

通过鲁迅致赵家璧的信札，我们可以体会到鲁迅对一位入职未久的文学青年的鼓励和帮助。赵家璧晚年发表了一系列忆旧文章，见于《编辑忆旧》《文坛故旧录：编辑忆旧续集》《书比人长寿：编辑忆旧集外集》以及《编辑生涯忆鲁迅》等文集，对当年和鲁迅的通信联系、请益求教有许多回忆，便于后人了解这段往事，也丰富了鲁迅在作家和编辑双重身份间转换的信息。

除此之外，鲁迅对于友人的著作，只要他认为是有意义的，一定极力促成出版。最典型的例子是为亡友瞿秋白编辑出版译文集《海上述林》，这几乎耗费了鲁迅去世前那段时间的主要精力。从遗存下来的信中可知，鲁迅对于出版过程中的每个细小环节都一一过问，予以解决。他还非常在意出版商的安危和利益，把自认为言辞比较激烈的《二心集》委托朋友另找其他的出版社，而不再让已经出版较多进步图书的北新书局接手，以免引起当局的关注，给其带来不必要的麻烦。后来，和北新的经济纠纷，也由郁达夫等斡旋、请律师主持协商后解决。鲁迅对北新及学生辈的老板李晓峰一直是扶持、宽容而忍耐的。

家璧先生：

一日的工作已校毕，今送上，但因错字尚多，故须再校一次，改正之后，希将此次送上之校稿，一并交下为荷。

此书卷首目录，似应照『竖琴』格式，另行补入也。此上，即颂

著安。

鲁迅

一月八日

鲁迅致赵家璧（1933年1月8日）

家璧先生：

《一天的工作》已校毕，今送上，但因错字尚多，故须再校一次。改正之后，希并此次送上之校稿，一并交下为荷。此书仍无目录，似应照《竖琴》格式，即行补入也。此上即颂
著安。

鲁迅
一月八日

鲁迅这封信和下一封16日信中所述，都是其自译书稿《一天的工作》校对之事。此信所用笺纸上的图案系陈师曾所作山水，同图案的笺纸在鲁迅用余的空白笺纸中还有留存。

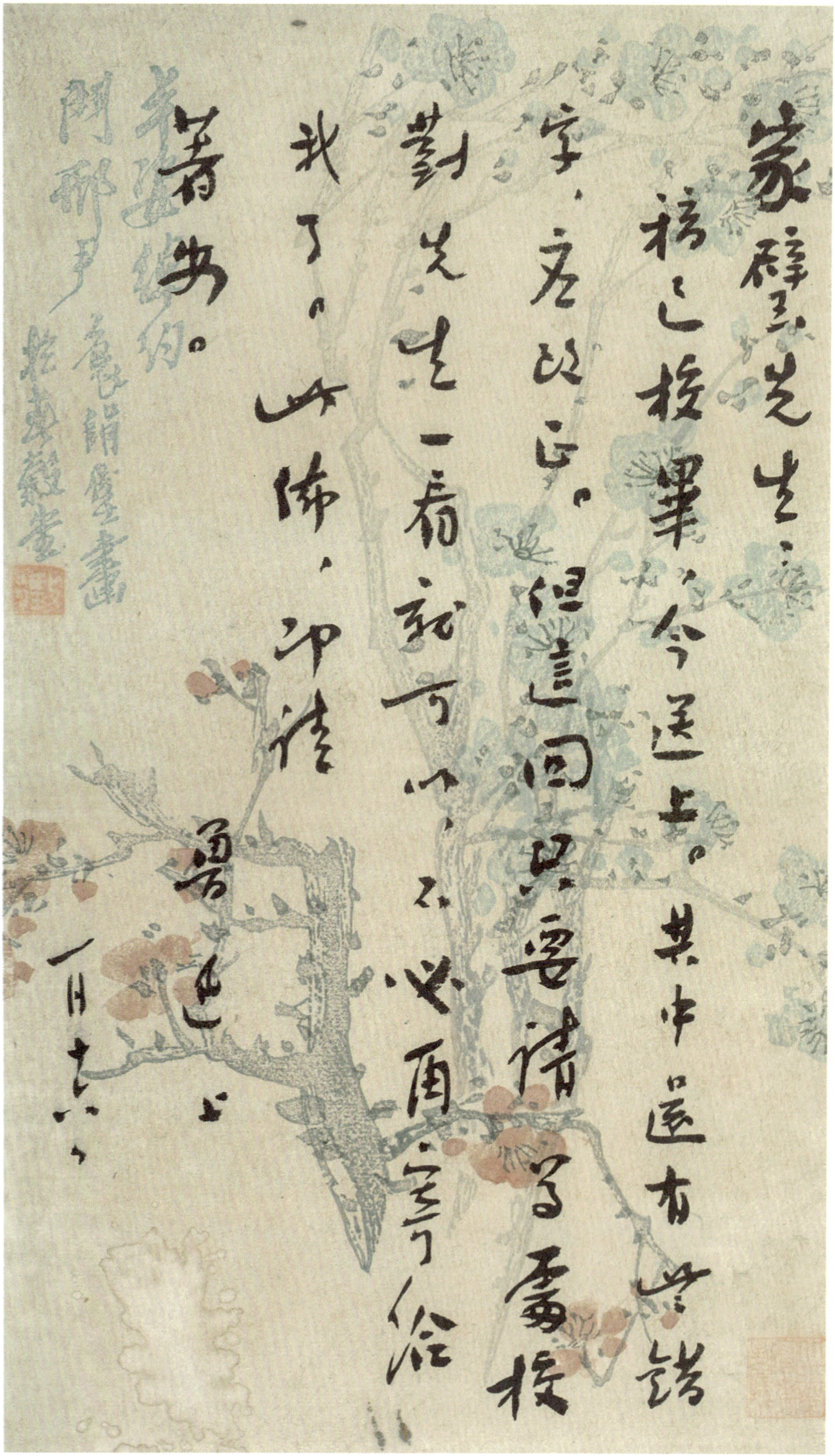

家璧先生：

稿已校畢，今送上。其中還有些錯字，應改正。但這回只要請寫校對先生一看就可以，不必再寄給我了。此佈，即請

著安。

魯迅 上

一月十六夕

鲁迅致赵家璧（1933 年 1 月 16 日）

家璧先生：

稿已校毕，今送上。其中还有些错字，应改正。但这回只要请尊处校对先生一看就可以，不必再寄给我了。此布，即请著安。

鲁迅　上

一月十六日

家璧先生：

来信收到。我这没有写北平的五篇讲演，艺术新闻上所说，并非事实，我也不过是闹着玩的。小说封面包纸上的画像，只要用《呐喊》上用过的一幅就好，以省新制的麻烦。中国所出版的画谱，实在应该加一番整顿，但我对于此道，素来留心，所以材料一点也没有，所识的朋友中，也不记得有搜集之说，倘打听一下再看罢。此颂

近祺。

迅 启上

三月十九

「白纸黑字」我见过英译本，其中所举的我们中国字，是错误的，倘译给中国，似乎应该给他改正。

鲁迅致赵家璧（1933年3月10日）

家璧先生：

来信收到。我还没有写北平的五篇讲演，艺术新闻上所说，并非事实，我想不过是闹着玩玩的。小说封面包纸上的画像，只要用《竖琴》上用过的一幅就好，以省新制的麻烦。中国所出版的童话，实在应该加一番整顿，但我对于此道，素未留心，所以材料一点也没有，所识的朋友中，也不记得有搜集童话，俟打听一下再看罢。此颂
近祺。

迅　启上　三月十日

《白纸黑字》我见过英译本，其中所举的几个中国字，是错误的，倘译给中国，似乎应该给他改正。

家璧先生：

為了一個人的受難，寫了一點序，姑且寄上，如不合用，或太遲，請擲掉就是，因為自己看看，也覺得太草率了。

此上即請

著安。

迅 啟

八月六夜

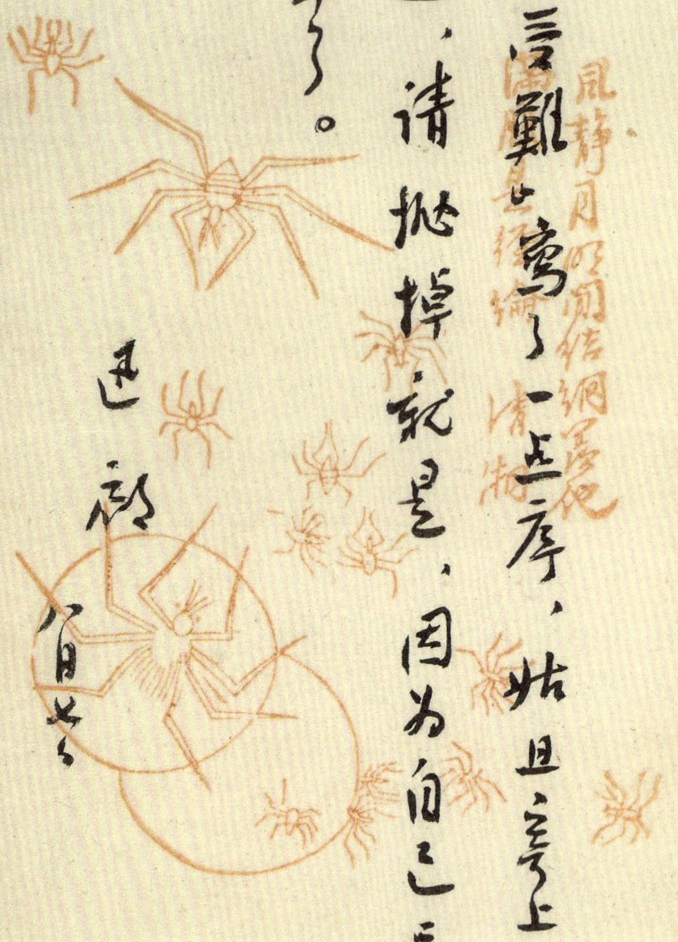

鲁迅致赵家璧（1933年8月7日）

家璧先生：

为《一个人的受难》写了一点序，姑且寄上，如不合用，或已太迟，请抛掉就是，因为自己看看，也觉得太草率了。

此上即请

著安。

迅　启

八月七日

赵家璧8月1日致信鲁迅，请鲁迅为比利时著名版画家麦绥莱勒的连环木刻图《一个人的受难》的文字说明作翻译并写序，鲁迅非常喜欢麦绥莱勒的这部作品，但由于天热，手边又没有好的德文字典，翻译一事只能婉拒，但答应作序。序文于8月7日寄送，并附此信。该作品连同麦氏其他三种木刻图集《光明的追求》等，于同年10月出版，赵家璧全套寄赠鲁迅，其中《一个人的受难》因鲁迅作序而寄送了二十本。

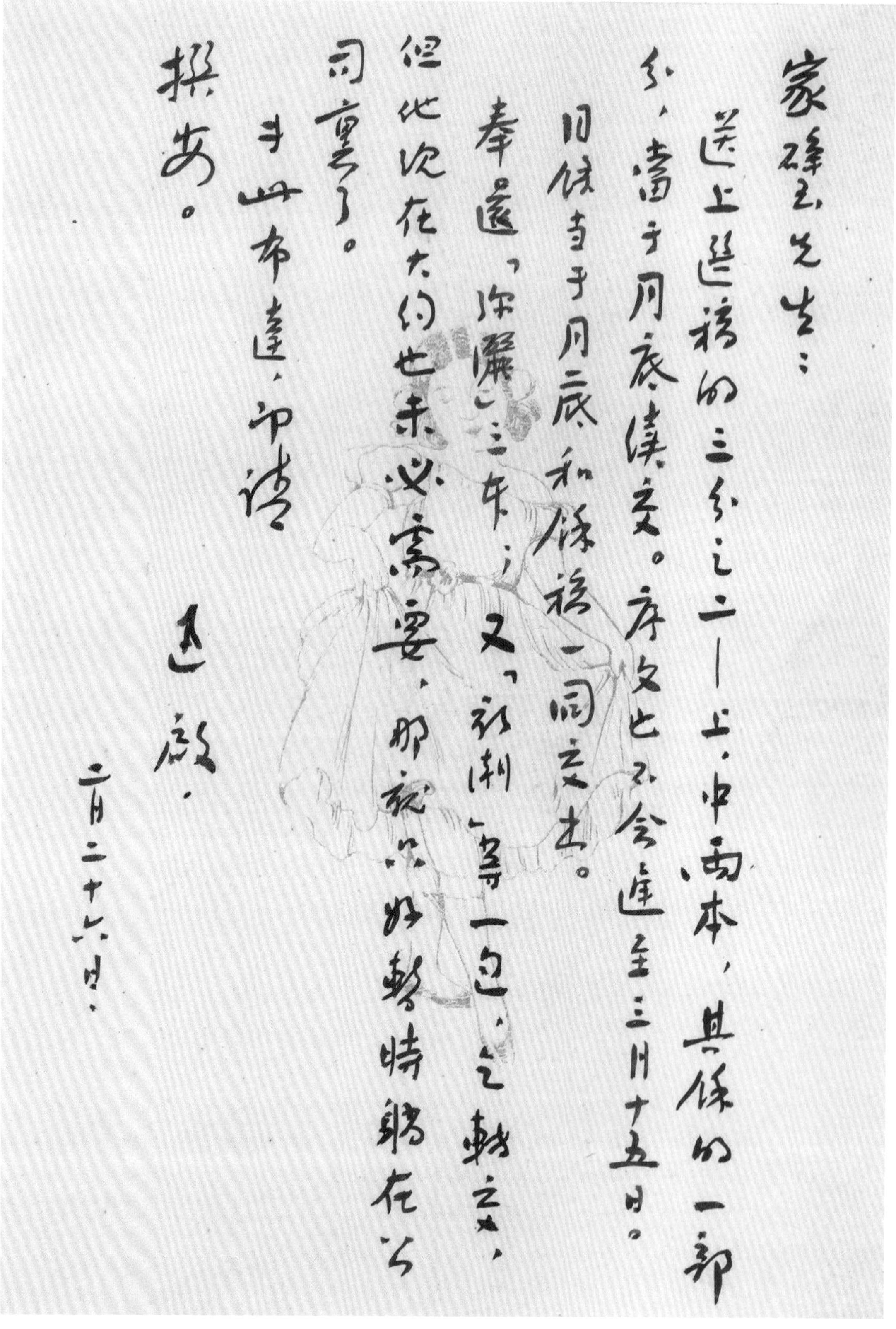
家璧先生：

送上選稿的三分之二——上，中兩本，其餘的一部分，當于月底續交。序文也不會遲至三月十五日。目錄當于月底和餘稿一同交出。

奉還「你羼」三本；又「新潮」等一包，乞轉交，但此次在大約也未必需要，那就只好暫時躺在公司裏了。

專此布達，即請

撰安。

迅　啟

二月二十六日。

鲁迅致赵家璧（1935 年 2 月 26 日）

家璧先生：

送上选稿的三分之二——上、中两本，其余的一部分，当于月底续交。序文也不会迟至三月十五日。

目录当于月底和余稿一同交出。

奉还《弥洒》三本；又《新潮》等一包，乞转交，但他现在大约也未必需要，那就只好暂时躺在公司里了。

专此布达，即请
撰安。

迅　启
二月二十六日

自1934年12月25日起，鲁迅连续和赵家璧通信，就编选《中国新文学大系·小说二集》并作序事宜反复商量。1935年2月14日、26日，鲁迅选好了大部分作品，并对每位作者的小说数量安排作出说明，以备文化检查机关删减。信中提到的“他”，据赵家璧后来回忆，应是沈雁冰。3月6日，鲁迅撰写好序言，并建议把小说的稿子和序文分别送检，以免检查时被“对照”而遭遇不测。

家璧先生：

序文总算弄好了，连抄带做，大约已经达到一万字；但「江山好改，本性难移」，无论怎么小心，总不免有一点「不妥」的议论。如果有什么麻烦，请先生随意改定，不必和我商量了。此事容已面陈，亦不多赘。

序文的送检，我想送去等送来有了结果之后，以免他们去对照，虽然他们也未必这么精细，但也还是预防一点的好罢。

「不妥」的印，（问文学社，云）并无其事。是小报上造出来的。

专此布达，即请

撰安。

迅 上

三月六夜。

鲁迅致赵家璧（1935 年 3 月 6 日）

家璧先生：

序文总算弄好了，连抄带做，大约已经达到一万字；但“江山好改，本性难移”，无论怎么小心，总不免发一点“不妥”的议论。如果有什么麻烦，请先生随宜改定，不必和我商量了，此事前已面陈，兹不多赘。

序文的送检，我想还是等选本有了结果之后，以免他们去对照，虽然他们也未必这么精细、忠实，但也还是预防一点的好罢。

“不妥”的印，问文学社，云并无其事。是小报上造出来的。

专此布达，即请

撰安。

迅 上 三月六夜

家璧先生：

六日信收到。梵澄的来，很不一定，所以那尼采自傳，至今還擱在我寓裏，我本來可以代他校一下，但這幾天總是忙，要下月才可以有一點餘暇。假如在這之前，他終于沒有來，那麽，當代校一遍送上，只得請印刷所略等一下。但即使他今天就來，我相信也不會比我從十五以後校起來更快。尼采像是有的，當同校稿一起送上。

專復，即請

撰安。

迅 上

三月九

鲁迅致赵家璧（1935年3月9日）

家璧先生：

六日信收到。梵澄的来，很不一定，所以那《尼采自传》，至今还搁在我寓里。我本来可以代他校一下，但这几天绝无工夫，须得十五以后才可以有一点余暇。假如在这之前，他终于没有来，那么，当代校一遍送上，只得请印刷所略等一下。但即使他今天就来，我相信也不会比我从十五以后校起来更快。

尼采像是有的，当同校稿一起送上。

专复，即请

撰安。

迅　上　三月九日

此信及下面3月15日、5月9日和10日的三封信，所言内容都是关于徐梵澄所译《尼采自传》的出版问题。赵家璧曾说："梵澄是受鲁迅先生宠爱的学生。"许广平亦夸赞徐梵澄"天赋极高，旧学甚博"，"能言人所未言"，这大约也是鲁迅的评价。徐梵澄于1927年秋由武汉大学转入复旦大学西洋文学系读书，后赴德国海德堡大学哲学系学习三年。1928年5月15日，鲁迅受陈望道邀请在复旦演讲，徐梵澄听了演讲、作了记录，颇受教益，此后和鲁迅建立了通信联系，并追随鲁迅开始从事木刻创作。鲁迅曾托他自德国搜购版画，如珂勒惠支、梅斐尔德等的作品。从1928年起到1936年7月2日止，鲁迅收到徐梵澄来信一百一十余封，有时甚至一天就有两封，鲁迅则复信五十多封。在《鲁迅日记》里有三百多处提到"徐诗荃来"或"得诗荃信"（按：徐梵澄原名徐诗荃，"梵澄"为其笔名，晚年始用"徐梵澄"为通名），可见他们的关系颇为密切。

家璧先生：

尼采自传的翻译者至今不来，又失其通信地址，只得为之代校，顷已校毕，将原稿及排印稿各一份，一并奉还。

又书一本，内有尼采像（铜刻版），可用于自传上，照出来后，该书希即掷还。

专此布达，即请

撰安。

迅 上

三月十五夜

鲁迅致赵家璧（1935年3月15日）

家璧先生：

《尼采自传》的翻译者至今不来，又失其通信地址，只得为之代校，顷已校毕，将原稿及排印稿各一份，一并奉还。

又书一本，内有尼采像（系铜刻版），可用于自传上，照出后该书希即掷还。

专此布达，即请

撰安。

迅　上

三月十五夜

鲁迅鼓励与帮助徐梵澄翻译尼采的著作《朝霞》《快乐的知识》和《尼采自传》。为了出版《尼采自传》，鲁迅给赵家璧先后写过五封信，对印刷的字体大小、书的式样等都作了具体说明。最后特别表示："不如由我校对，比较的便当，但如先生愿意结识天下各种古怪之英雄，那我也可以由他自己出马。"鲁迅校毕样稿后，将原稿一并寄还赵家璧，另附上一张"可用于自传上"的尼采像。《尼采自传》出版后，在1935年秋，鲁迅又介绍徐梵澄翻译尼采的《苏鲁支语录》(即《察拉图斯特拉如是说》)，交给郑振铎所在的商务印书馆出版。如此，当时年仅二十五岁的徐梵澄已然成了卓有成就的尼采著作的翻译者与研究者，以致他写的短评杂感也"颇似尼采"了。

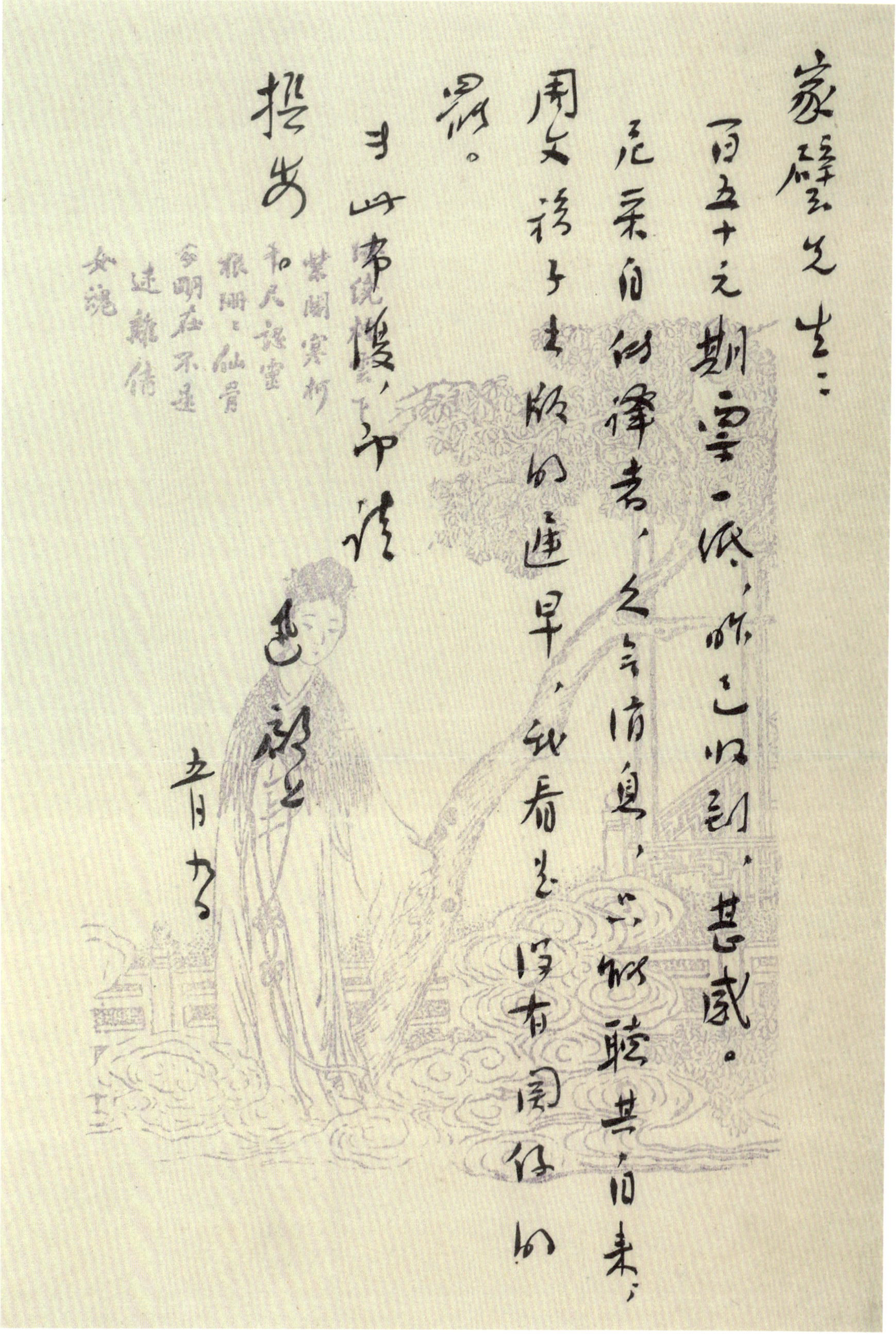

家璧先生：

百五十元期票一紙，昨已收到，甚感。

尼采自傳譯者，久無消息，只能聽其自來，

周文稿子出版的遲早，我看是沒有關係的

罷。

専此佈復，即請

撰安

迅 頓首

五月九日

鲁迅致赵家璧（1935年5月9日）

家璧先生：

百五十元期票一纸，昨已收到，甚感。

《尼采自传》译者，久无消息，只能听其自来；周文稿子出版的迟早，我看是没有关系的罢。

专此布复，即请

撰安。

迅　启上

五月九日

家璈先生：

上午收到九日信并花笺，自似两束。

小说稿除原可不分者全数删去外，又删去了五篇，大约再也不会漏去除开足数之外的了。

目录仍寄上。

手此布复，即请

著安。

迅 上

六月十夜。

鲁迅致赵家璧（1935年5月10日）

家璧先生：

上午收到九日信并《尼采自传》两本。

小说稿除原可不登者全数删去外，又删去了五篇，大约再也不会溢出豫算页数之外的了。

目录仍寄上。

专此布复，即请

著安。

迅 上

五月十夜

家璧先生：

以前蒙允兑换《小说二集》之顶上未加颜色者，今特送上，希察收换给为感。专布，即请

撰安。

鲁迅 上

七月十二夜。

鲁迅致赵家璧（1935 年 7 月 12 日）

家璧先生：

前蒙允兑换《小说一集》之顶上未加颜色者，今特送上，希察收换给为感。

专布，即请

撰安。

鲁迅　上

七月十二夜

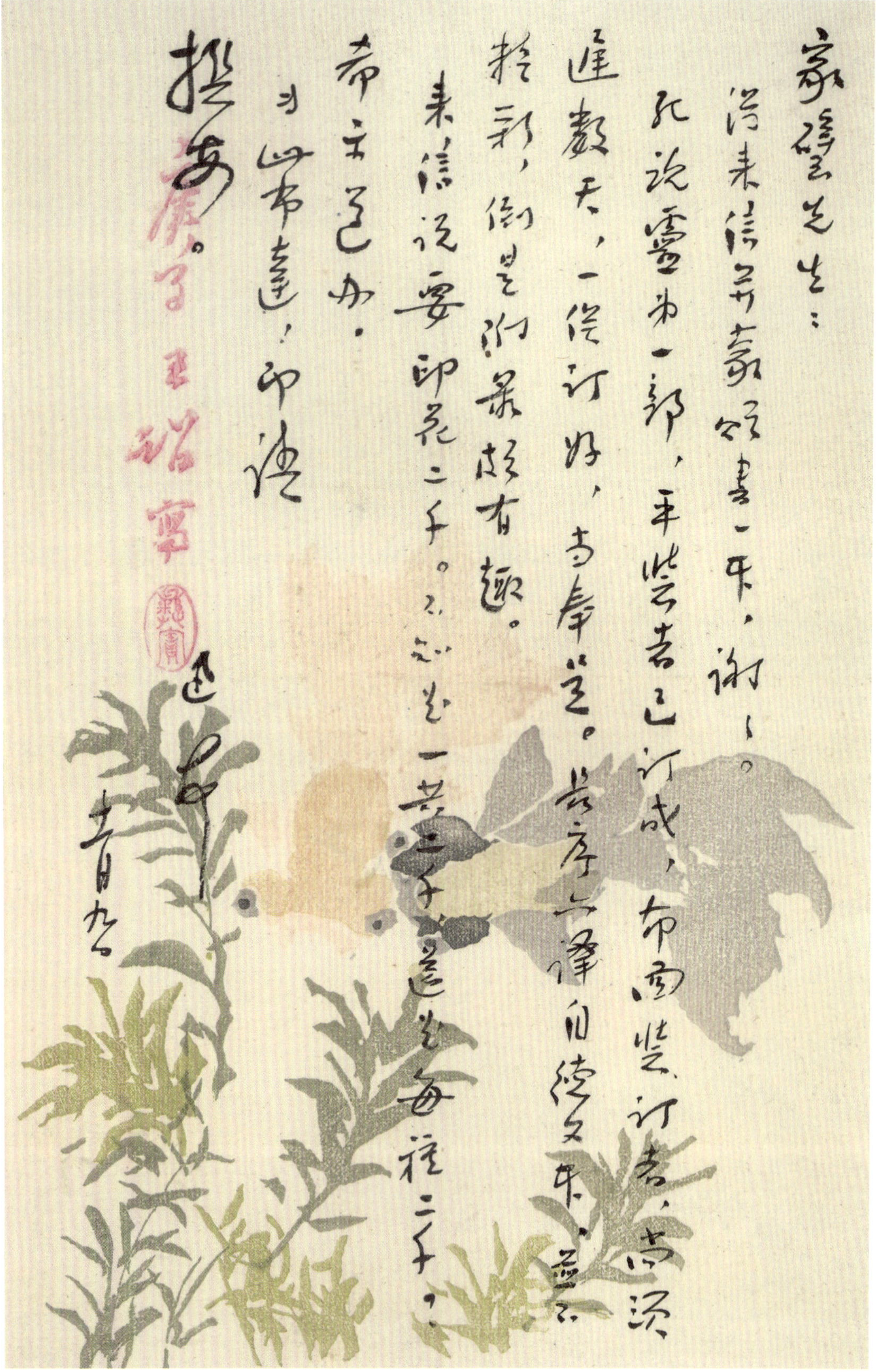
霁野先生：

得来信并寄给书一本，谢谢。

孔论画第一部，平装者已订成，布面装订者，亦须迟数天，一俟订好，当奉呈。其序文译自续文集，盖插图，倒是附录，颇有趣。

来信说要印花二千。今如数送上一共二千，盖这每种二千六，希查收。

此布达！即请

撰安。

迅 启 十一月九

庚子王瑞宁

鲁迅致赵家璧（1935年11月9日）

家璧先生：

得来信并蒙赠书一本，谢谢。

《死魂灵》第一部，平装者已订成，布面装订者，尚须迟数天，一俟订好，当奉呈。长序亦译自德文本，并不精彩，倒是附录颇有趣。

来信说要印花二千。不知是一共二千，还是每种二千？希示遵办。

专此布达，即请

撰安。

迅　顿首

十一月九日

《死魂灵》是俄国作家果戈理的名著，鲁迅在文学创作上曾受其影响，并十分推崇这部作品。1935年2月，他应郑振铎之约，以德译本为底本，参照日译本和英译本，开始翻译《死魂灵》。该书于1935年11月由上海文化生活出版社出版，鲁迅于11月12日题签一本赠赵家璧，于11月18日写信并寄出。而此信写于11月9日，提及印花并感谢赠书。

家璧先生：

顷送上印證四千，又《竖琴》一本，希察入。又小书两本，不足道也，但順便送上，並乞哂存为幸。专此布達，並請

撰安。

魯迅

十一月十八日

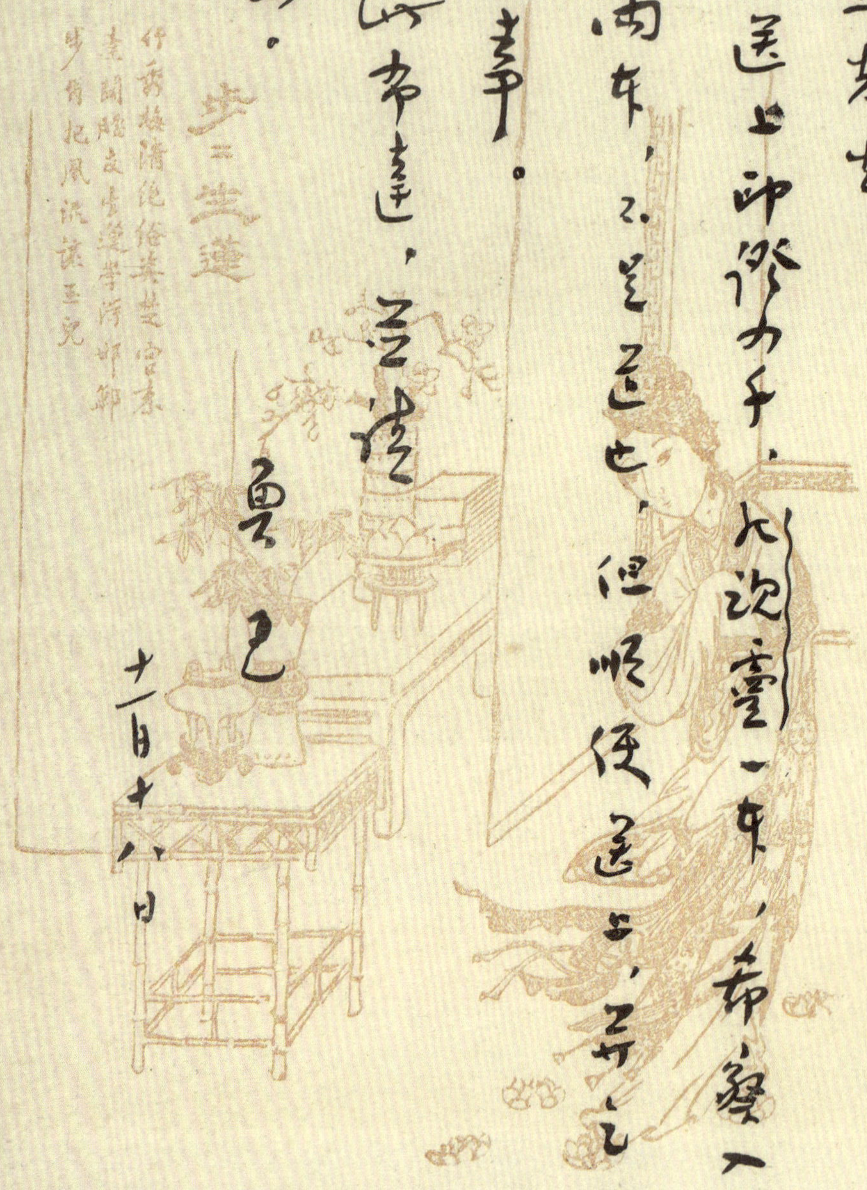

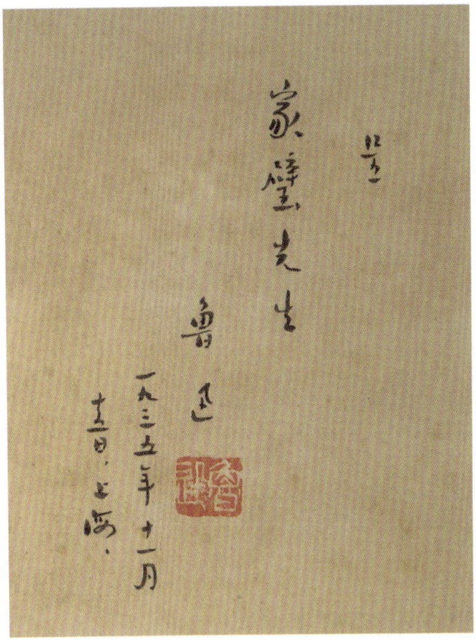

鲁迅赠赵家璧《死魂灵》之内页题签

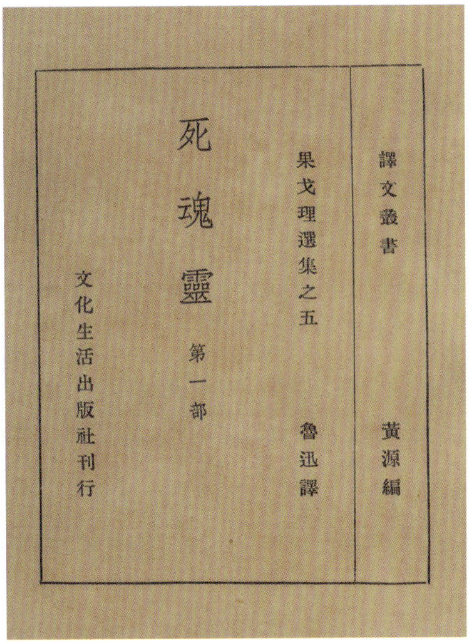

《死魂灵》（初版）之扉页

鲁迅致赵家璧（1935 年 11 月 18 日）

家璧先生：

兹送上印证四千，《死魂灵》一本，希察入。又小书两本，不足道也，但顺便送上，并乞哂存为幸。

专此布达，并请

撰安。

鲁迅

十一月十八日

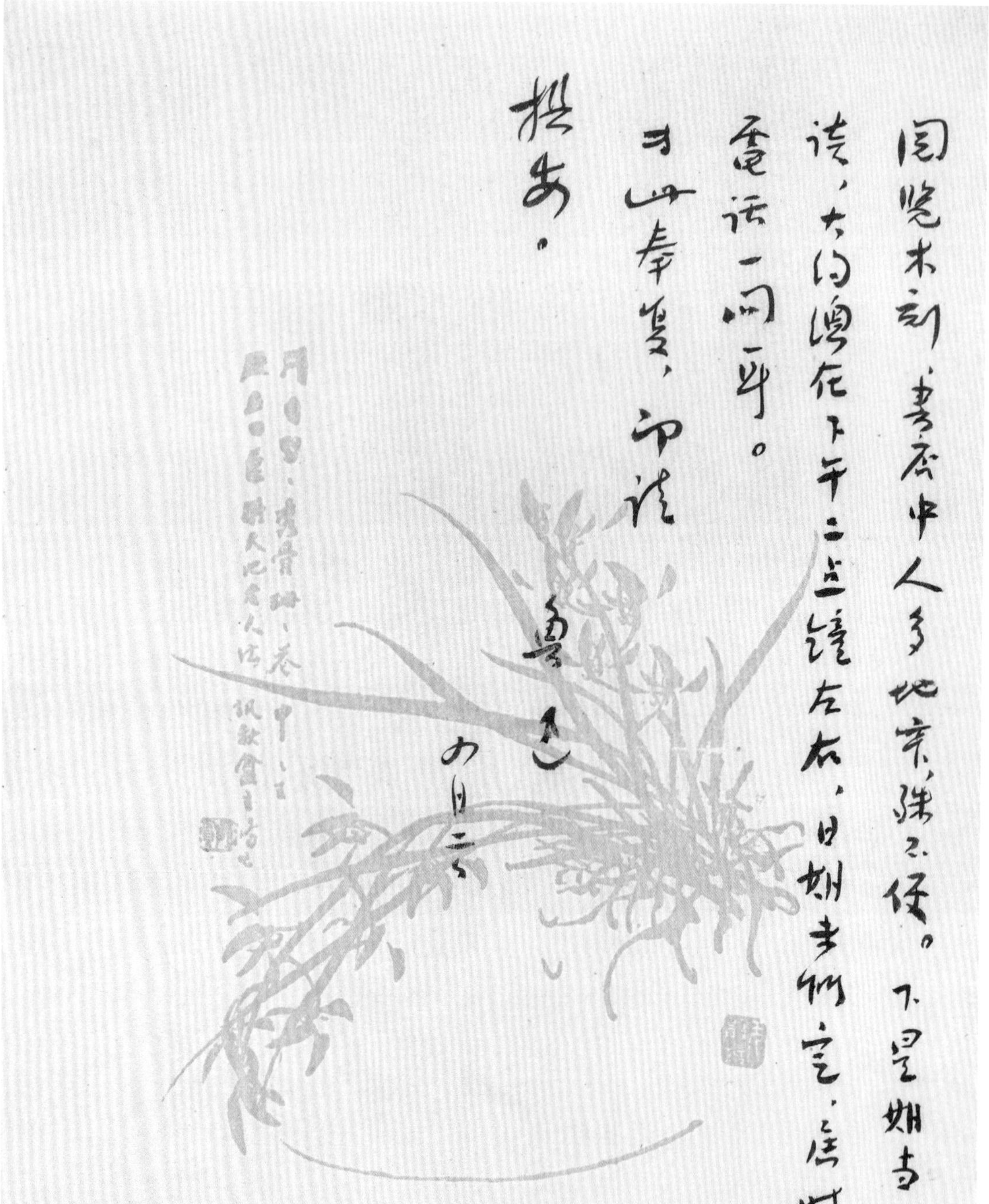

阅览木刻，书店中人多地窄，殊不便。下星期当赴公司面谈，大约总在下午二点钟左右，日期未能定，届时当先用电话一问耳。

专此奉复，即请

撰安。

鲁迅

九月二六

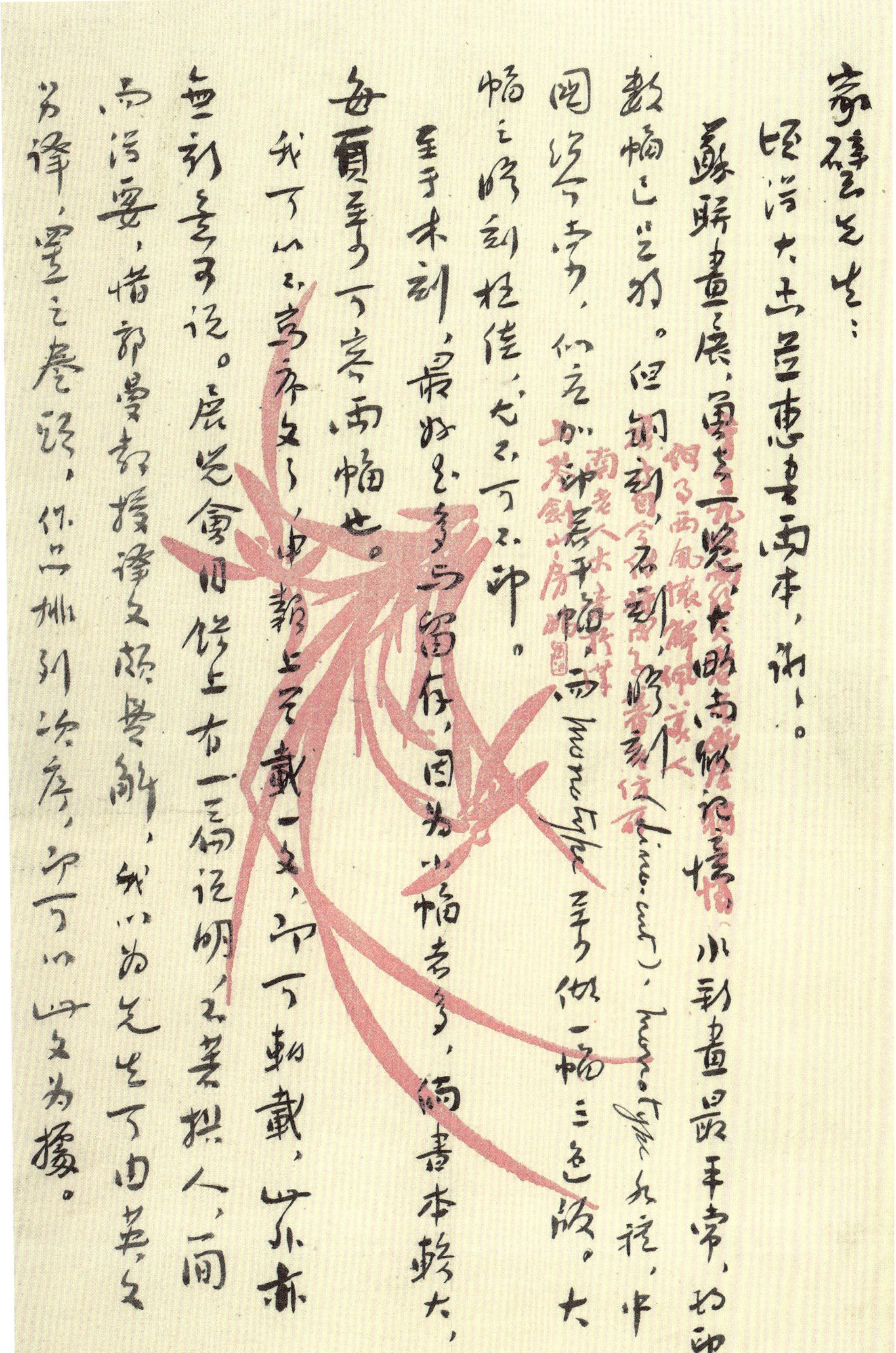

家璧先生：

頃得大函並惠書兩本，謝謝。

蘇聯畫展，曾去一覽，大的油畫尚佳，水彩畫最平常，均印數幅已足夠。但銅刻，石刻，鋅刻(zinc-cut)，mono-type 不多，中國所未有，似應加印若干幅，而 mono-type 可做一幅三色版。大幅之鋅刻極佳，尤不可不印。

至于木刻，最好是多印留存，因為小幅者多，倘書本較大，每頁可容兩幅也。

我可以不寫序文了，申報上已載一文，亦可轉載，此外亦無新意可說。展覽會目錄上有一篇說明，不著撰人，而簡要，惜郭曼教授譯文頗費解，我以為先生可由英文另譯，置之卷頭，作為排列次序，亦可以此文為據。

鲁迅致赵家璧（1936年4月2日）

家璧先生：

顷得大函并惠书两本，谢谢。

苏联画展，曾去一览，大略尚能记忆，水彩画最平常，酌印数幅已足够。但铜刻，石刻，胶刻（Lino-cut），Monotype各种，中国介绍尚少，似应加印若干幅，而Monotype至少做一幅三色版。大幅之胶刻极佳，尤不可不印。

至于木刻，最好是多与留存，因为小幅者多，倘书本较大，每页至少可容两幅也。

我可以不写序文了，申报上曾载一文，即可转载，此外亦无新意可说。展览会目录上有一篇说明，不著撰人，简而得要，惜郭曼教授译文颇费解，我以为先生可由英文另译，置之卷头，作品排列次序，即可以此文为据。

阅览木刻，书店中人多地窄，殊不便。下星期当赴公司面谈，大约总在下午二点钟左右，日期未能定，届时当先用电话一问耳。

专此奉复，即请
撰安。

鲁迅
四月二日

《苏联版画集》

1936年7月，良支图书印刷公司出版

这封信谈及苏联木刻作品的出版。1936年春，中苏文化协会从苏方借到一批苏联版画作品，先后在南京和上海举办了“苏联版画展览会”，引起广泛反响。为使这些作品传之久远，并供正在蓬勃生长中的中国版画作者学习、借鉴，良友图书公司主持编务的赵家璧与中苏文化协会的黎照寰和苏联驻沪领事馆萨拉托夫商量，拟将展览会上的作品制版印书。赵家璧首先将此想法与鲁迅商量，请鲁迅担任选稿并作序，得到鼓励和支持。正如鲁迅后来在《序》中所说：“我都毫不思索的答应了，这是我所愿意做，也应该做的。”于是，赵家璧将画作送到内山书店，以便鲁迅阅览、挑选。这是4月2日鲁迅阅览画作后给赵家璧的复信。三天后，鲁迅又赶到良友公司，花了近三个小时，挑选出一百八十多幅佳作付印。《苏联版画集》于同年7月由良友公司出版。

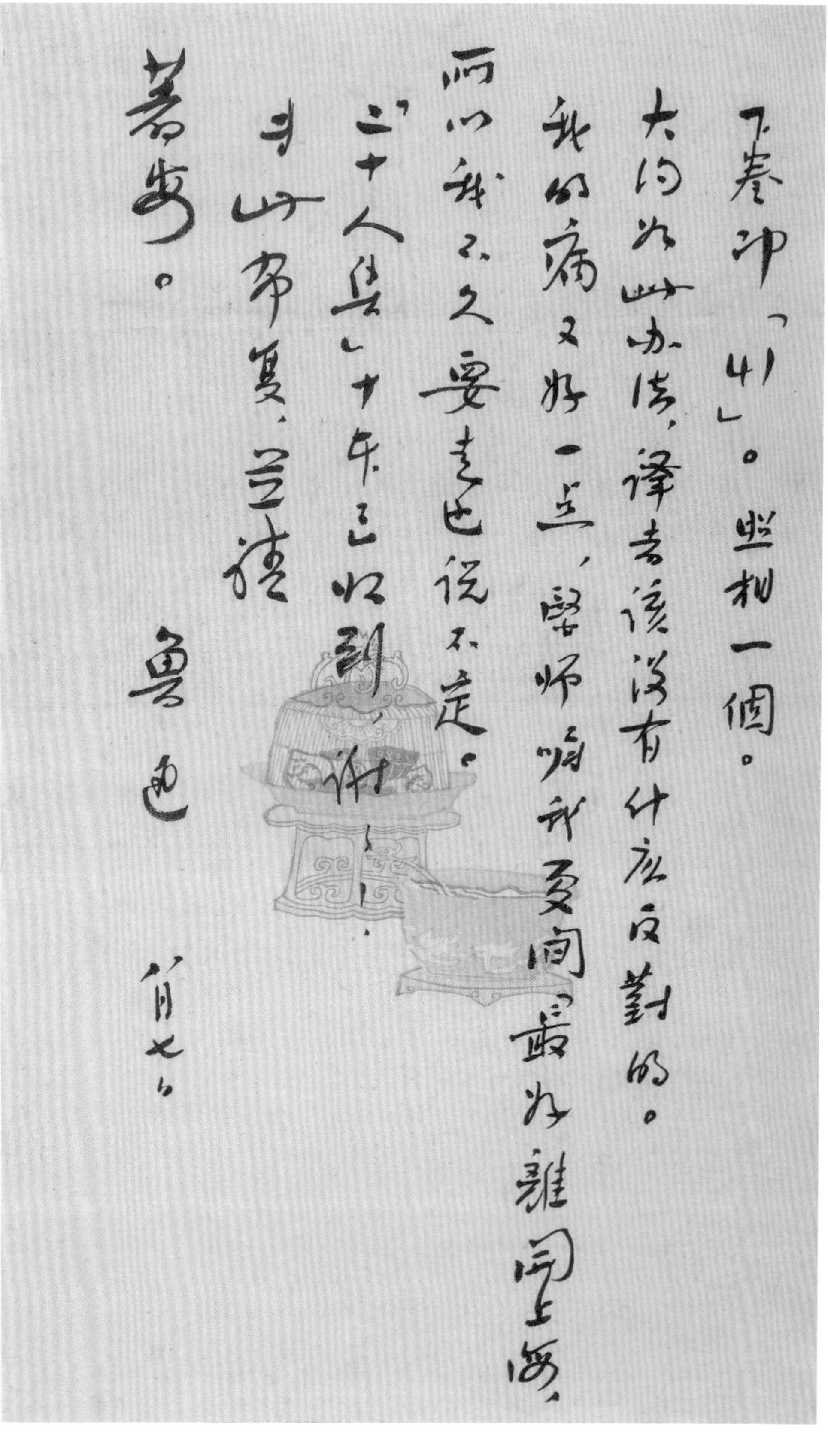

下卷印「41」。照相一個。

大約如此辦法，譯者總沒有什麼反對的。

我的病又好一點，醫師囑我夏間最好離開上海，

所以我不久要走也說不定。

「二十人集」十本已收到，謝謝。

專此布復，並請

著安。

魯迅

八月七日

家璧先生：

五日信收到。靖华译的小说两本，今寄上。改名后印，我有一点意见以备参考：

印可名为「苏联作家七人集」，上卷为「蓬斗」（原「烟袋」之名已被禁，其实这是北方话，南方並不如此说，现在可将题目及文中的名词改过），删去最末一篇「玛丽亚」（这是译者的意思，本有别一篇换入，但今天找了一通，找不到，只好作罢），作者六人。照相可分为二面，每面三人，照下式。

鲁迅致赵家璧（1936年8月7日）

家璧先生：

五日信收到。靖华译的小说两本，今寄上。良友如印，我有一点意见以备参考：

即可名为《苏联作家七人集》。

上卷为《烟斗》（此原名《烟袋》，已被禁，其实这是北方话，南方并不如此说，现在正可将题目及文中的名词改过），删去最末一篇《玛丽亚》（这是译者的意思，本有别一篇换入，但今天找了通，找不到，只好作罢），作者六人。照相可合为二面，每面三人，品字式。

下卷即《41》。照相一个。

大约如此办法，译者该没有什么反对的。

我的病又好一点，医师嘱我夏间最好离开上海，所以我不久要走也说不定。

《二十人集》十本已收到，谢谢！

专此布复，并请

著安。

鲁迅　八月七日

《第四十一》（俄文版）

曹靖华于1936年4月11日寄赠鲁迅

鲁迅和赵家璧最后的几次通信中，有六封信谈及鲁迅好友曹靖华译作的出版，分别写于1936年7月7日、8月7日、8月20日、9月9日、9月12日和10月17日。曹靖华所译苏联作家爱伦堡的《烟袋》、拉甫列涅夫的《四十一》，分别早在1928年、1929年由未名社出版，前者被禁，后者未禁。鲁迅认为，《烟袋》可以改名，并将之前的两本译作合为一本，另可加以增改，询问赵家璧良友公司是否愿意出版，鲁迅表示等病好些后可以代为接洽，并可为之编订。按计划如增编，涉及苏联作家有七人，鲁迅建议书的名称为《苏联作家七人集》。该书由鲁迅作序，于1936年11月鲁迅逝世后出版。

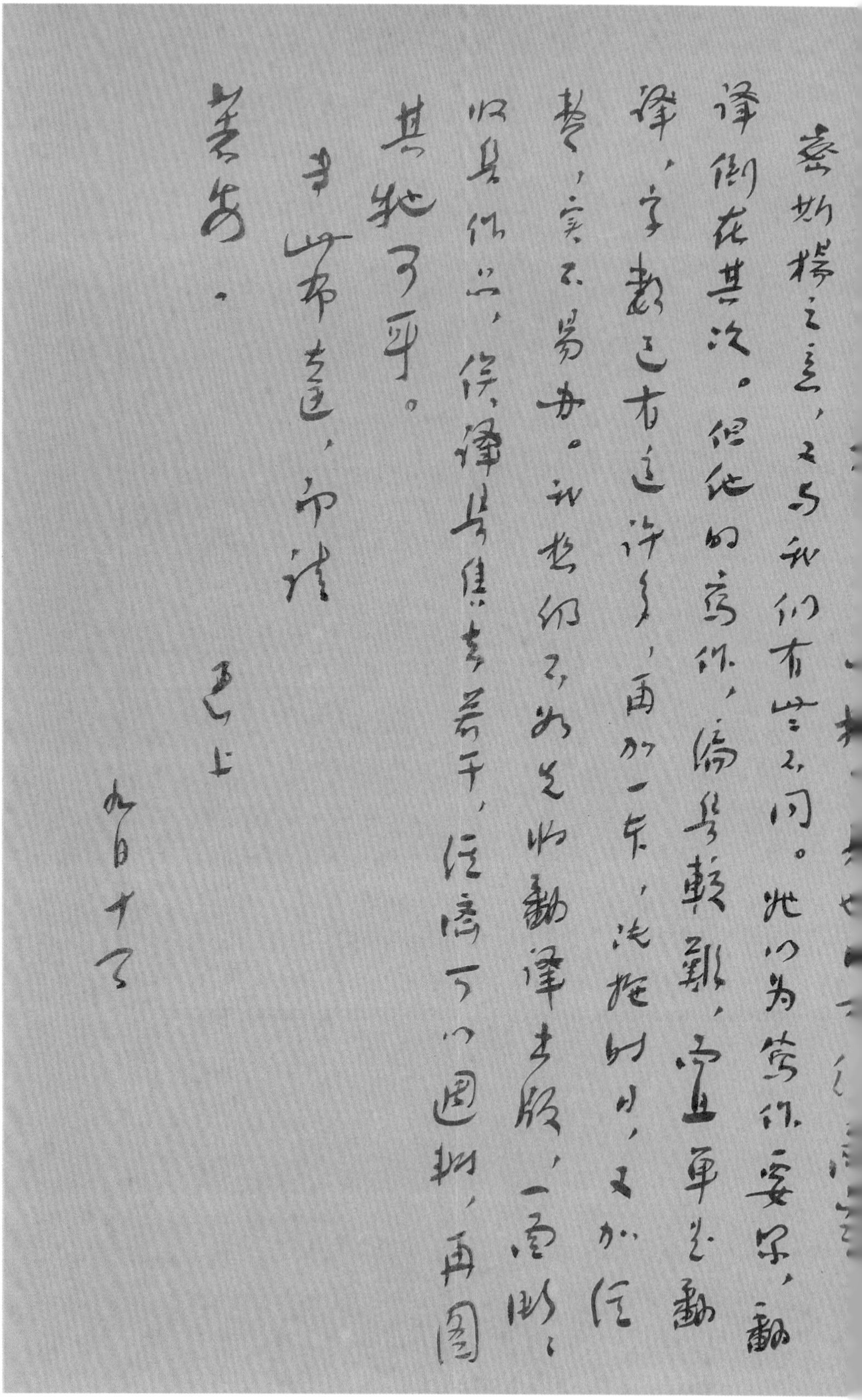
意斯揣之意，又与我们有些不同。他以为写作要紧，翻
译倒在其次。但他的写作，偏是较难，宜单是翻
译，字数已有这许多，再加一点，延拖时日，又加注
释，实不易也。我想仍不如先将翻译出版，一面附
以其作品，俟译其集若干，注意一下以周期，再图
其他可乎。
专此布达，并请
著安。
迅上
九月十三

西谛先生：

前嘱徐君持稿，同行接洽，原以逐从中的纠纷，不料即有信来要求，今姑附上。

关于集印遗文事，前日与沈先生商定，先印译文，现集稿大约就绪，约已有六十至六十五万字，拟分二册，上册论文，除一二种之外，均未发表过；下册为诗，剧，小说之类，大多数已经发表。卅日能完。

关于付印，最好是由我直接接洽，因为如此，则指挥格式及校对往返，便利得多。看原稿一遍，大约需时

鲁迅致郑振铎（1935年9月11日）

西谛先生：

前嘱徐君持稿自行接洽，原以避从中的纠纷，不料仍有信来要求，今姑转上。

关于集印遗文事，前曾与沈先生商定，先印译文。现集稿大旨就绪，约已有六十至六十五万字，拟分二册，上册论文，除一二短篇外，均未发表过；下册则为诗，剧，小说之类，大多数已曾发表。草目附呈。

关于付印，最好是由我直接接洽，因为如此，则指挥格式及校对往返，便利得多。看原稿一遍，大约尚须时日，俟编定后，当约先生同去付稿，并商定校对办法，好否？又书系横行，恐怕排字费也得重行商定。

密斯杨之意，又与我们有些不同。她以为写作要紧，翻译倒在其次。但他的写作，编集较难，而且单是翻译，字数已有这许多，再加一本，既拖时日，又加经费，实不易办。我想仍不如先将翻译出版，一面渐渐收集作品，俟译集售去若干，经济可以周转，再图其它可耳。

专此布达，即请
著安。

迅　上
九月十一日

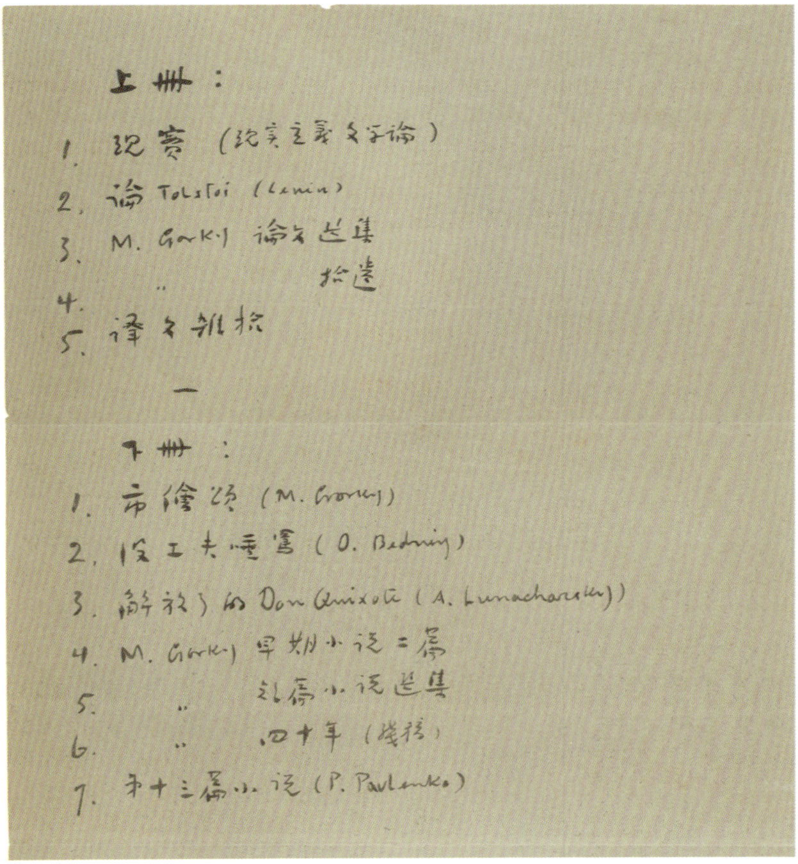

上册：

1. 现实（现实主义文学论）
2. 论 Tolstoi (Lenin)
3. M. Gorky 论文选集
4. 〃 拾遗
5. 译文杂拾

—

下册：

1. 市侩颂 (M. Gorky)
2. 没工夫唾骂 (D. Bedniy)
3. 解放了的 Don Quixote (A. Lunacharsky)
4. M. Gorky 早期小说二篇
5. 〃 创作小说选集
6. 〃 四十年（残稿）
7. 第十三篇小说 (P. Pavlenko)

此信另附《草目》一页

郑振铎于1935年初到上海任暨南大学文学院院长，同时为生活书店编辑《世界文库》，鲁迅曾受约翻译果戈理《死魂灵》并出版。其后，郑振铎协助鲁迅翻印《凯绥·珂勒惠支版画选集》和出版《海上述林》。信中所述徐君（徐梵澄）译《苏鲁支如是说》，系由鲁迅介绍，拟出版；信中又讨论了集印瞿秋白遗文《海上述林》的相关事宜，并给出诸多建议。信中提及的“沈先生”指沈雁冰，“密斯杨”指瞿秋白夫人杨之华。

西谛先生：

「死魂灵」第六次稿，已校讫，与此书同送先生处，但前一次稿，距送去时已五十余天，且已校讫，印出，而不付译费，不知何故。我自然不待此款举火，不过还是弄明白，是经手者误，还是另外人的缘故的。

幸译本已出一段落，可以休息了，此后拟除我名。又闻书店于「世界文库」的译文，间有仍出单行本之举，则此后「死魂灵」已决定编入「译文社丛书」，不要别人汇印了。生活书店方面或亦并无汇印之意，但如我收出，则特声明耳。

专此布达，顺请

教安。

迅 顿首

十月十七夜

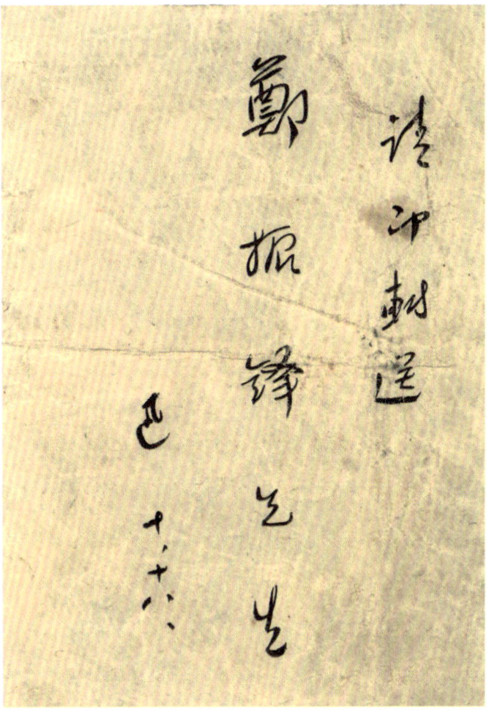

鲁迅致郑振铎（1935 年 10 月 17 日）

西谛先生：

《死魂灵》第六次稿，已校讫，与此函同送生活书店。但前一次稿，距送上时已五十余天，且已校讫，印出，而不付译费，不知何故。我自然不待此款举火，不过书店方面，是似乎应该不盘算人的缓急的。

幸译本已告一段落，可以休息了，此后豫告，请除我名。又闻书店于《世界文库》的译文，间有仍出单行本之举，我的《死魂灵》已决定编入《译文社丛书》，不要别人汇印了。生活书店方面或亦并无汇印之意，但恐或岐出，故特声明耳。

专此布达，顺请

教安。

鲁迅　顿首　十月十七夜

西谛先生：

翻印之稿件已编好，第一部纯为关于文学之论文，约三十余万字，可先付排。

简单的办法，我想先生可指定一时间和地点（如书店或印刷所），在那里等候，我当携稿径行送交，一同付与印刷者，并接洽校对的办法。

但指定之信寄出时，希比指定之日期早三四天，以免和接到来信时，已在所约的日期之后也。

专此布达，即请

撰安。

迅 上

十月廿日

鲁迅致郑振铎（1935年11月4日）

西谛先生：

拟印之稿件已编好，第一部纯为关于文学之论文，约三十余万字，可先付排。

简单的办法，我想先生可指定一时间和地点（如书店或印刷所），在那里等候，我当挟稿届时前往，一同付与印刷者，并接洽校对的办法。

但指定之信发出时，希比指定之日期早三四天，以免我接到来信时，已在所约的日期之后也。

专此布达，即请
撰安。

迅　顿首　十一月四日

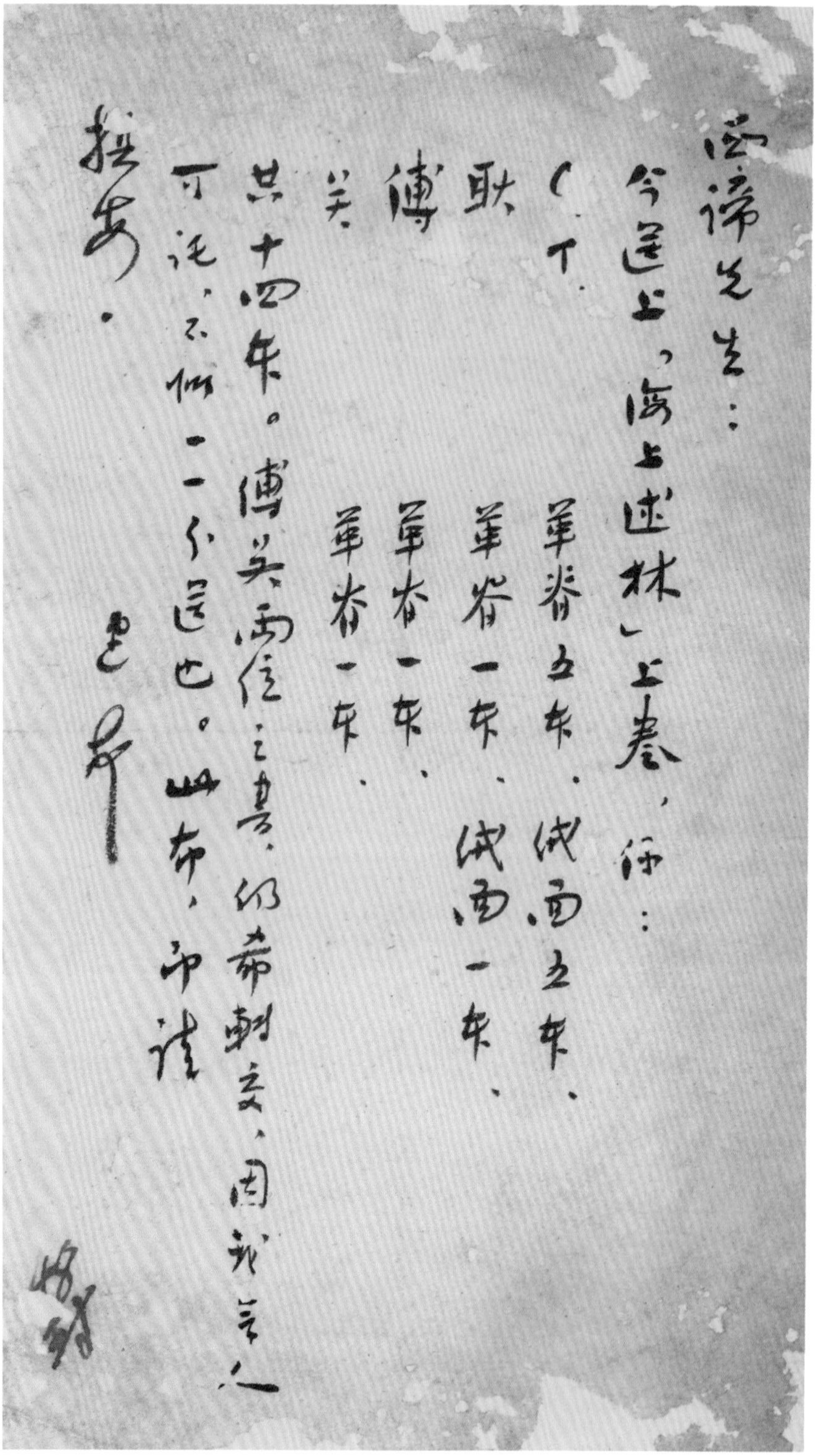
西谛先生：
今送上《海上述林》上卷，计：
丁 革脊五本、绒面五本、
耿 革脊一本、绒面一本、
傅 革脊一本、
吴 革脊一本、
共十四本。傅吴两位之书，仍希转交，因我无人
可托，不能一一分送也。此布，即请
撰安。
迅 上

鲁迅赠郑振铎《海上述林》所附便笺（约 1936 年 10 月 2 日）

海上述林 上卷出版

鲁迅编瞿秋白译文集《海上述林》

为纪念亡友瞿秋白，鲁迅和茅盾、郑振铎等商定集资编印瞿秋白译文集《海上述林》，由鲁迅任编校。自1935年10月22日“下午编瞿氏《述林》起”，直至1936年9月30日“上午校《海上述林》下卷毕”（《鲁迅日记》），为该书的出版鲁迅抱病为之工作了近一年，在其去世前《海上述林》顺利出版。据日记记载，鲁迅于10月2日“下午《海上述林》上卷印成寄至，即开始分送诸相关者”。在10月16日，即鲁迅去世前三天，还“复曹白信并赠《述林》上。复静农信并赠《述林》。寄季市《述林》一”。

1.（一）、様ナ版ノ大サデ三百〔コロタイプ〕枚印刷スレバ一枚ニ、
ツギ製版及ビ印刷料何[?]クラデスカ？
2.（二）、AB、様ナ紙ヲコロタイプニ使ヘバ
原図ノ白イ處ハドウナリマスカ？、
右、洪洋社ニ聞イテ下サイマセン、

鄭[?]其山先生

L 拝

鲁迅致郛其山（内山完造）（1933年12月）

此信以日文书写，信文大意如下。

1. 如按照（一）的版面大小，印珂罗版三百张，每张的制版及印刷费是多少钱？

2. 如用（二）的AB样张的纸，印珂罗版，原图空白处会印成什么样子？

以上，请询洪洋社。

邬其山先生

L　顿首

此信谈《引玉集》有关印务。《引玉集》收苏联十一位版画家五十九幅作品，据作者手拓本以珂罗版照相翻印，鲁迅以“三闲书屋”名义自费印行。据《鲁迅日记》1934年5月23日载，“洪洋社寄来《引玉集》三百本，共工料运送泉三百四十元。”《引玉集》初版时间为1934年3月，成书运到已是5月。当时托内山完造在东京洪洋社印制，印刷质量高且价格相对便宜。推测此信写于1933年12月。

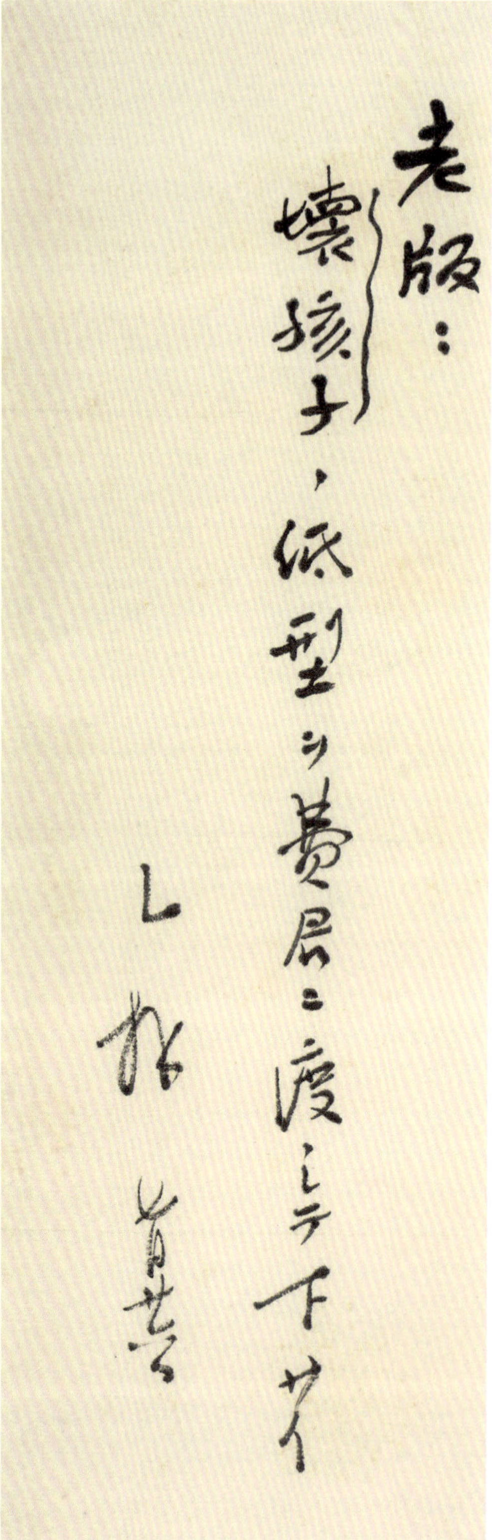

老版：
壊孩子ノ紙型ヲ黄君ニ渡シテ下サイ
L拝
首芸

鲁迅致内山完造（1936年7月26日）

此信以日文书写，信文大意如下。

老板：

《坏孩子》的纸型请交费君。

L拜　七月廿六日

鲁迅晚年抱病翻译契诃夫小说八篇，集为《坏孩子和别的奇闻》，1935年以“三闲书屋”名义自费印行，1936年改由费慎祥以“联华书局”名义发行。此信内容即是鲁迅托内山完造将纸型交费慎祥印制。

批评行業的，但那结论以翻译为冒险，我却以为不然。翻译似乎不料因为本人粗心或浅学，有了误译，便成冒险事業，于是反过来给误译的人辩护。

鲁迅
七月十七夜

君匋先生：　　二包

昨奉到惠函并書畫，費神

謝謝。印費多少，應如何交付，

希見示，當即匯還。

「思想、山水、人物」中的SKetch

Book了字，完全給我看錯譯

錯，最近出版的「一般」裏有一篇

鲁迅致钱君匋（1928年7月17日）

君匋先生：

顷奉到惠函并书面二包，费神谢谢。印费多少，应如何交付，希见示，当即遵办。

《思想·山水·人物》中的Sketch Book一字，完全系我看错译错，最近出版的《一般》里有一篇文章（题目似系《论翻译之难》）指摘得很对的。但那结论以翻译为冒险，我却以为不然。翻译似乎不能因为有人粗心或浅学，有了误译，便成冒险事业，于是反过来给误译的人辩护。

鲁迅
七月十七日

《朝花夕拾》初版本

1928年9月，由未名社出版

1928年7月17日《鲁迅日记》：“得钱君匋信并《朝华夕拾》书面两千枚。”次日日记所云之“午后复钱君匋信”，即此信，故其实际写信时间为18日。信中询问《朝华夕拾》的封面印费等事。该书封面由陶元庆设计。鲁迅觉得北京印刷质量不如上海，特委托钱君匋接洽在沪印刷。信中另坦言自己在《思想·山水·人物》中“看错译错”之事。

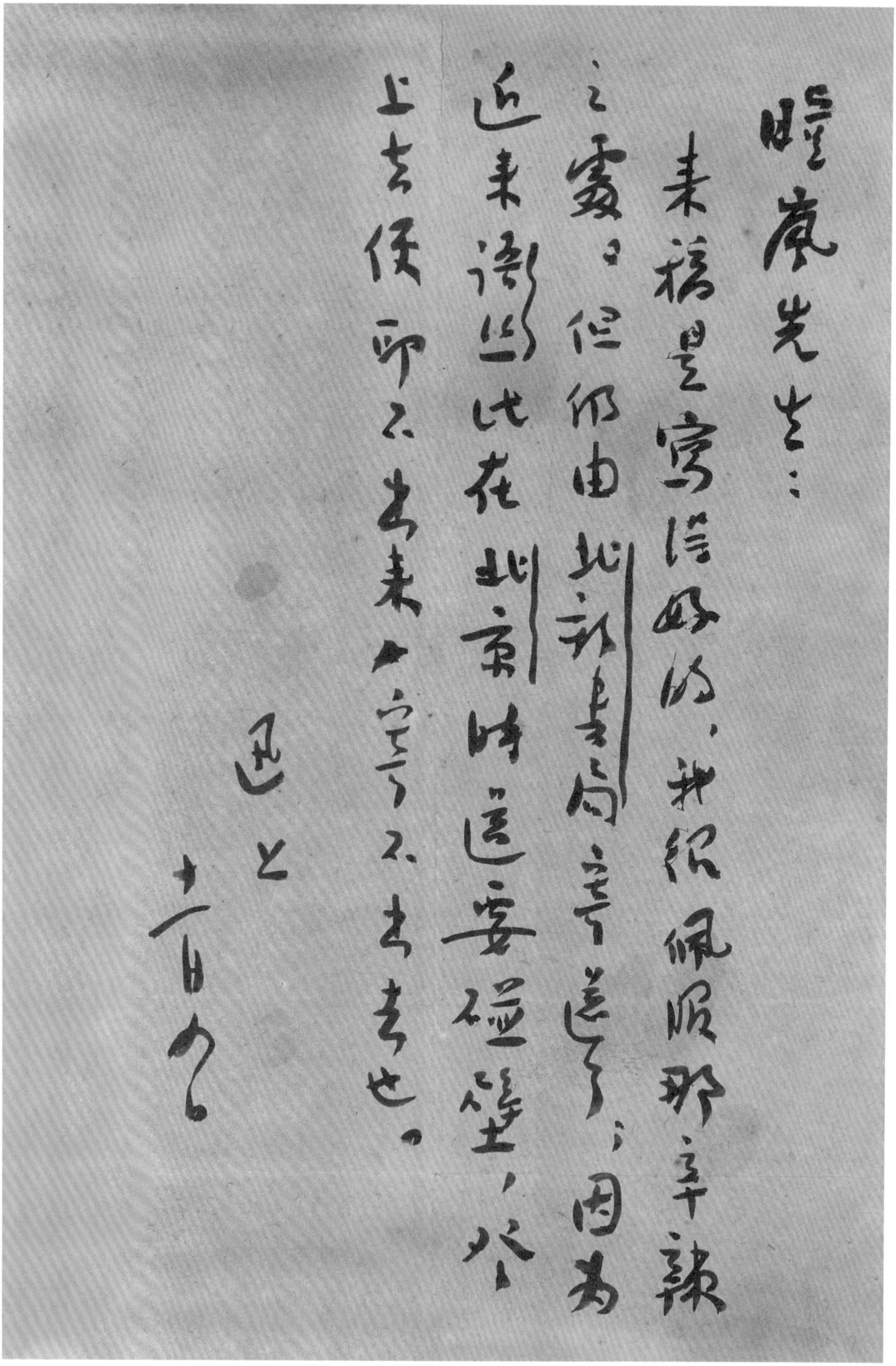

曙岚先生：

来稿是写得好的，我很佩服那辛辣之处。但仍由北新书局寄还了，因为近来语丝比在北京时还要碰壁，以上去便印不出来，寄了不出去也。

迅上

十一日夜

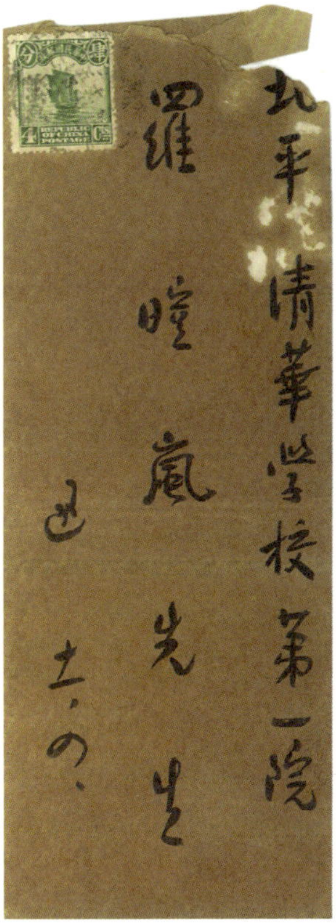

鲁迅致罗暟岚（1928年11月4日）

暟岚先生：

来稿是写得好的，我很佩服那辛辣之处。但仍由北新书局寄还了；因为近来《语丝》比在北京时还要碰壁，登上去便印不出来，寄不出去也。

迅　上
十一月四日

该信为当时还是文学青年的罗暟岚向《语丝》周刊投稿后鲁迅的回函。所投稿件是罗暟岚创作的短篇小说《中山装》，作品生动塑造了一个满口三民主义而对农民肆意敲诈勒索的人。鲁迅称赞“来稿是写得好的”，并“很佩服那辛辣之处”，但也不得不告知，由于当时的出版环境书稿暂无法刊出。

居平先生：

《坚琴》已校毕，今奉上，其中错误太多，改正之后，最好再给我看一遍（但必须连此次校稿一同掷下）。又，下列之点，希一并示知：

1. 内缺目录。不知是有意删去，抑係遗失？

2. 顶上或有横线（最初数页），或无，何者好？

此上，即请

著安。

迅 启．

十月六日

鲁迅致郑伯奇（1932年11月6日）

君平先生：

《竖琴》已校毕，今奉上，其中错误太多，改正之后，最好再给我看一遍（但必须连此次校稿，一同掷下）。

又，下列二点，希一并示知：

1. 内缺目录。不知是有意删去，抑系遗失？

2. 顶上或有横线（最初数页），或无，何故？

此上，即请

著安。

迅　启

十一月六日

此信系鲁迅寄《新俄小说家二十人集》上册《竖琴》译稿的附信。郑伯奇（1895—1979），名隆谨，字伯奇，笔名君平，创造社和“左联”成员，当时在上海良友图书印刷公司做编辑。鲁迅常向他推荐青年作家文稿，并一起策划出版。

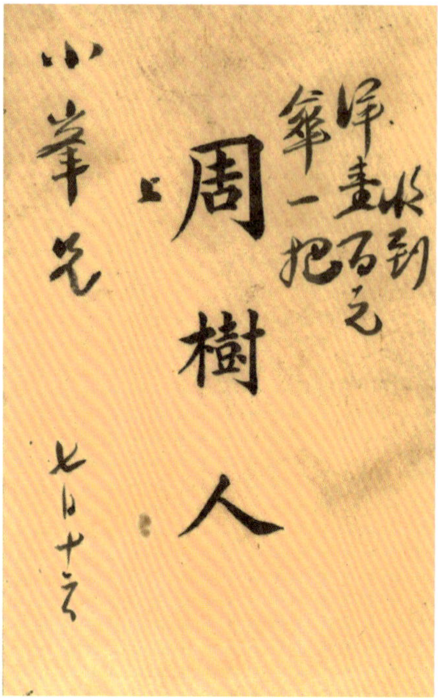

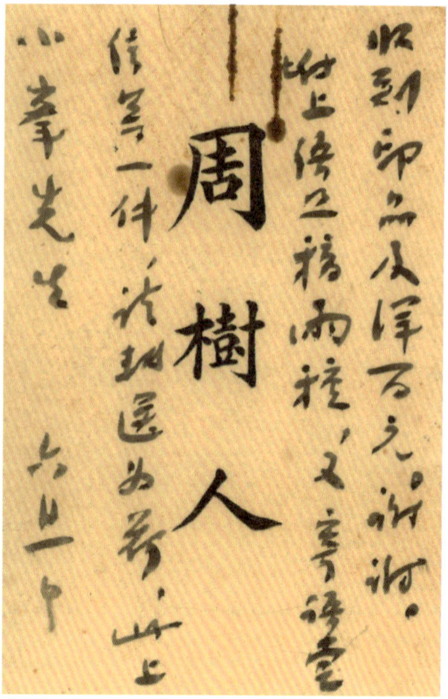

鲁迅名片收据

鲁迅自1927年秋至1936年去世，在上海生活了九年，其间的经济来源主要是靠写作而获得的稿酬及编辑费。先前，鲁迅任职教育部时有固定薪水，在北京数所大学任教时有讲课收入，而到上海则专事著述。他说："我先到上海，无非想寻一点饭，但政、教两界，我想不涉足，因为实在外行，莫名其妙。也许翻译一点东西卖卖吧。"而自1927年12月至1931年12月，鲁迅曾受聘为大学院特约撰述员，每月尚有些固定收入；从1933年起不再任撰述员后，就纯粹靠版税等写作和编辑收入生活了。所以在这一期间的通信中有些涉及经济方面的事项，其中与北新书局经理李小峰（李晓峰）的比较多。李小峰是在北京大学听过鲁迅讲课的晚辈，做出版后一开始比较倾向革命文艺读物。鲁迅便将自己的书稿交北新书局出版，又推荐青年作家书稿给北新，欲将北新打造成为革命宣传的阵地，当然也是对学生晚辈的提携。从经营上说，虽然北新遭受过查封，但鲁迅等人的著作大多畅销，李小峰也是获益的。因双方比较熟悉，鲁迅有时收到稿酬，就在名片上留言以代收据。

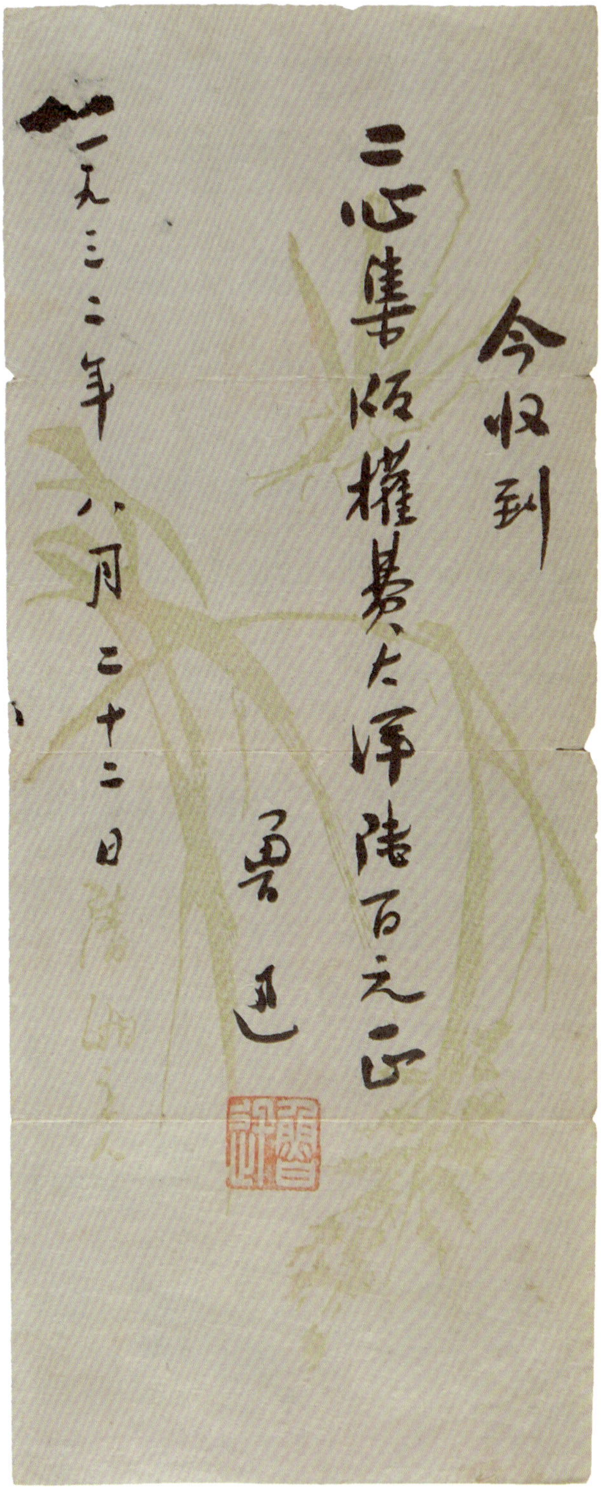

《二心集》版权费收据

《二心集》是鲁迅唯一出售版权的文集。经冯雪峰请钱杏邨（阿英）找合众书店出版，鲁迅于1932年8月23日收到钱杏邨转交的版权费后书写正式收据时，为与临时收据及收到版权费日期一致，而落署8月22日。这张收据写在一枚印有墨竹图案的笺纸上

二　论述

书信多半能直抒胸臆，信手写去，激扬文字可纵论天下。文艺家除了创作，还涉及艺术理论，相互间通信自然有探讨、商榷。鲁迅这样的思想者，其深邃的言辞固然多见于正式发表的文章中，然而那洞察社会、思考文化、针砭时弊的思想火花，也时时闪现于平素与人交往的言谈与书信中。回顾当时的历史语境，新文化运动引发了文学、思想等许多方面的交替与变化，然而新的问题也层出不穷，成为一代文化巨匠鲁迅的心结。鲁迅生命中最后的岁月在上海度过，时逢"黄金十年"，亦逢外辱内乱的社会沧桑大潮，无论对于文艺、政治、革命、抗战等时代大命题，还是学风、创作、继承与开拓等文化命题，以及文学史研究等学术课题，鲁迅与他人的交往文字，都体现出他独立而深刻的认知与思考，展现了他的气度与眼界。

在给北新书局编辑杨晋豪的复信中，鲁迅对当时少年读物的现状表示了担忧。杨晋豪于1936年3月10日致信，向鲁迅征求"少年读物"稿件，并请其推荐合适的作者。鲁迅于次日回函，开首即说："关于少年读物，诚然是一个大问题；偶然看到一点印出来的东西，内容和文章，都没有生气，受了这样的教育，少年的前途可想。"虽然在这封信里，因健康原因鲁迅婉拒了稿约，且在信中自谦对儿童文学"没有研究"，提出"改进需要专家，一切几乎都要得从新来一下"。而实际上，鲁迅早就在《狂人日记》中发出了"救救孩子"的呼喊，到1936年秋去世前写《立此存照（七）》时，再次呼吁"真的要救救孩子"，其间也翻译、介绍了许多儿童文学作品，可见鲁迅在教育和儿童文学创作方面都起过重要的推动作用。

在北京时，鲁迅和胡适关于中国文学史的研究，经常当面交流或写信讨论，留存的鲁迅信札中就有二人关于《西游记》的研究与探讨。在1922年至1925年间，两人有多次书信来往，就《西游记》版本情况作细致交流，互通信息、共享史料。胡适曾为1921年上海亚东图书馆出版的《西游记》作序，写毕言犹未尽，乃继续钻研；鲁迅自1920年8月起在北京大学等几所高校讲授中国小说史和文艺理论，并编有讲义。后来，胡适修改旧序，以《西游记考证》的名目发表于《读书杂志》1923年第6期，随后又把新旧两文整合成亚东版《西游记》1923年再版的新序文——此文在学术上影响很大，后收入《胡适文集》；鲁迅则将自己对《西游记》的研究成果体现在1924年6月出版的《中国小说史略》之下卷中，《中国小说史略》后来亦成为学术典范。鲁迅对胡适的《西游记考证》非常熟悉，在《中国小说史略》下卷中即引用了胡适的观点并明确标注“详见胡适《西游记考证》”。胡适同样也很熟悉鲁迅的《中国小说史略》，他在仔细阅读鲁迅相赠的上卷后，专门给出过意见。鲁迅于1924年6月26日又把新出版的下卷赠予胡适，胡适于7月13日回信。二人后来又有几次书信往来，对于对方的学术研究都是尊重的。胡适对《中国小说史略》的评价是“搜集甚勤，取材甚精，断制也甚谨严”。鲁迅还向胡适介绍过几种《水浒传》的善本。就《西游记》而言，虽然限于当时条件，二人都未见过明刊本，其研究所据版本只有三种清刊本，在今天迅猛发展的信息时代看来是不无遗憾的，但其搜集、交流的过程，堪称学界典范与楷模。

钱玄同与鲁迅是浙江老乡，二人早在日本求学时，就曾一同听章太炎讲授《说文解字》《尔雅》。后来，钱玄同在北师大和北大教书，鲁迅亦在北京，任教育部佥事，二人接触开始多了起来，进而一度建立了深厚的友谊。从那一时期的鲁迅日记及与友朋往来书信看，当时，鲁迅与钱玄同、刘半农、孙伏园、胡适等人及二弟周作人往来频仍。特别是钱玄同，更是频繁地出入于绍兴会馆的周氏宿舍，二人经常一起聊到深夜。此时的鲁迅整日抄古碑、读佛经。钱玄同正担任《新青年》编辑，一日，他鼓励鲁迅道：“我想，你可以写点文章。”鲁迅答：“如今的中国就好比一个铁屋子，绝无窗户而万难破毁，里面的人们从昏睡入死灭，并不感到临死的悲哀。如果有人大嚷起来，惊起了较为清醒的几个人，反倒使他们感到无可挽救的临终苦楚，你倒以为对得起他们么？”钱玄同反驳道：“然而，几个人既然起来了，你不能说决没有毁坏这铁屋的希望。”钱玄同的话直击要害，对鲁迅产生了很大震动，从而也唤醒了他沉睡已久的文学创作欲望。

于是，有了中国现代文学史上第一篇白话文小说《狂人日记》在1918年的问世，鲁迅以锋利的笔触揭露了封建礼教的“吃人”本质。而后发表于1919年4月《新青年》第6卷第4号的《孔乙己》，及5月《新青年》第6卷第5号的《药》，都深刻触及了当时的社会问题。那一时期鲁迅与钱玄同的往来书信存世数通，因为彼此熟稔，信中言语常常直言不讳。例如，钱玄同1918年12月11日致信鲁迅，“附呈拙作三页，伏祈郢政：捣了半天鬼，费了三张纸，正经话一句也没有说，现在赶紧说罢。你那天同我谈的乌龟身上的字，有许多的新发明：如表动荡之类。祈将已经见到的，随便写出一点给我看看。千万不要不写！因为我近来要编辑讲义，关于字形一部分，颇要换点新法儿也。”据这天的鲁迅日记“晚钱玄同、刘半农来”，这求字（抄写甲骨文）的事多半当面说了罢。而鲁迅1919年2月16日致钱玄同信中也直接了当地鼓动他刊登一篇“回骂上海什么报”的文章。幕后故事，想必快意。

鲁迅和二弟周作人，曾经有过默契的合作，比如一同翻译外国文学作品，在日本东京时二人就一起翻译出版过《域外小说集》。今存鲁迅致周作人的十几封信中，写于1921年7月13日的那封，就谈到了翻译捷克作家作品的事，成为兄弟合作的见证。

鲁迅在信中的议论，有时也提到社会上“种种事故”的错综复杂，如1928年12月30日致陈濬信，答复陈建议的编辑字典一事。此前，许寿裳曾来访，亦曾谈及陈信中所提编制字典一事。许说，北京大学国学研究所没有此类项目，而教育部的编译员也已经截止，等等，所以此事难做。鲁迅于是据实告陈，感慨“笔墨”谋生不易，实在像处于“荆棘”之中。信中，鲁迅又提到在广州谈“魏晋事”，有感而发，称自己处境“亦同鸡肋”。由此信也可看出鲁迅当时的境况。

鲁迅致杨晋豪（1936年3月11日）

晋豪先生：

惠示收到。

关于少年读物，诚然是一个大问题；偶然看到一点印出来的东西，内容和文章，都没有生气，受了这样的教育，少年的前途可想。

不过改进需要专家，一切几乎都得从新来一下。我向来没有研究儿童文学，曾有一两本童话，那是为了插画，买来玩玩的，《表》即其一。现在材料就不易收，希公治下，这一类大约都已化为灰烬。而在我们这边，有意义的东西，也无法发表。

所以真是无能为力。这不是客气，而恰如我说自己不会打拳或做蛋糕一样，是事实。相识的人里面，也没有留心此道的人。

病还没有好。我不很生病，但一生病，是不大容易好的；不过这回大约也不至于死。

专此布复，并颂

时绥。

鲁迅　三月十一日

比如灰燼。它在我們這邊，有意義的東西，也無法著書。

所以真是無能為力。這不是客氣，而恰如我說自己不會打拳或做皮鞋一樣，是寫實。相識的人裏，也沒有留心此道的人。

病還沒有好。我不很生病，但一生病，是不大容易好的；不過這回大約也不至於死。

專此布復，並頌

時綏。

魯迅

三月十五

孚豪先生：

惠示收到。

關于少年讀物，誠然是一個大問題；偶然看到一點印出來的東西，內容和文章，都沒有生氣，受了這種的教育，少年的前途可想。不過諸位要專家，一切都得從新來一下。我向來沒有研究兒童文學，只有一兩本童話，那是為了插畫，買來玩玩的，譯出印共一。現在材料就不易收，前些沿下，這一點大問都已

推知射陽山人演義，多據舊說。又《曲苑》內之王國維《曲錄》亦提有與《西遊記》相關之名目數種，其一之《二郎神鎖齊天大聖》，殆是明初之作，在吳之前。

倘能覓得射陽存稿，想當更有貴重之材料，但必甚難耳。明重刻李邕《娑羅樹碑》，原本係射陽山人所藏，其詩又有覓得油漬雲林畫竹題，似亦頗好擦骨董者也。

《同文局印》之有關于《品花》攷証之書，便中希見借一觀。

樹上

八月十四日

適之先生：

關於西遊記作者事迹的材料，現在條奉五紙，可以不必寄還。山陽志遺末段論斷甚誤，大約吳山夫未見長春真人西遊記也。

昨日偶在直隸官書局買曲苑一部（上海古書流通處石印），內有焦循劇說，引茶餘客話說西遊記作者事，亦與山陽志遺所記略同。從前曾見商務館排印之茶餘客話，不記有此一條，當是節本，其足本在小方壺齋叢書中，然舍間無之。

劇說又云：「元人吳昌齡西遊詞與俗所傳西遊記小說小異」，似乎元人本焦循曾見之。既云「小異」，則大致當同，可

鲁迅致胡适（1922年8月14日）

适之先生：

关于《西游记》作者事迹的材料，现在录奉五纸，可以不必寄还。《山阳志遗》末段论断甚误，大约吴山夫未见长春真人《西游记》也。

昨日偶在直隶官书局买《曲苑》一部，上海古书流通处石印，内有焦循《剧说》引《茶余客话》说《西游记》作者事，亦与《山阳志遗》所记略同。从前曾见商务馆排印之《茶余客话》，不记有此一条，当是节本，其足本在《小方壶斋丛书》中，然而舍间无之。

《剧说》又云，“元人吴昌龄《西游》词与俗所传《西游记》小说小异”，似乎元人本焦循曾见之。既云“小异”，则大致当同，可推知射阳山人演义，多据旧说。又《曲苑》内之王国维《曲录》亦颇有与《西游记》相关之名目数种，其一云《二郎神锁齐天大圣》，恐是明初之作，在吴之前。

倘能买得《射阳存稿》，想当更有贵重之材料，但必甚难耳。明重刻李邕《娑罗树碑》，原本系射阳山人所藏，其诗又有买得油渍云林画竹题，似此君亦颇好擦骨董者也。

同文局印之有关于《品花》考证之宝书，便中希见借一观。

树　上

八月十四日

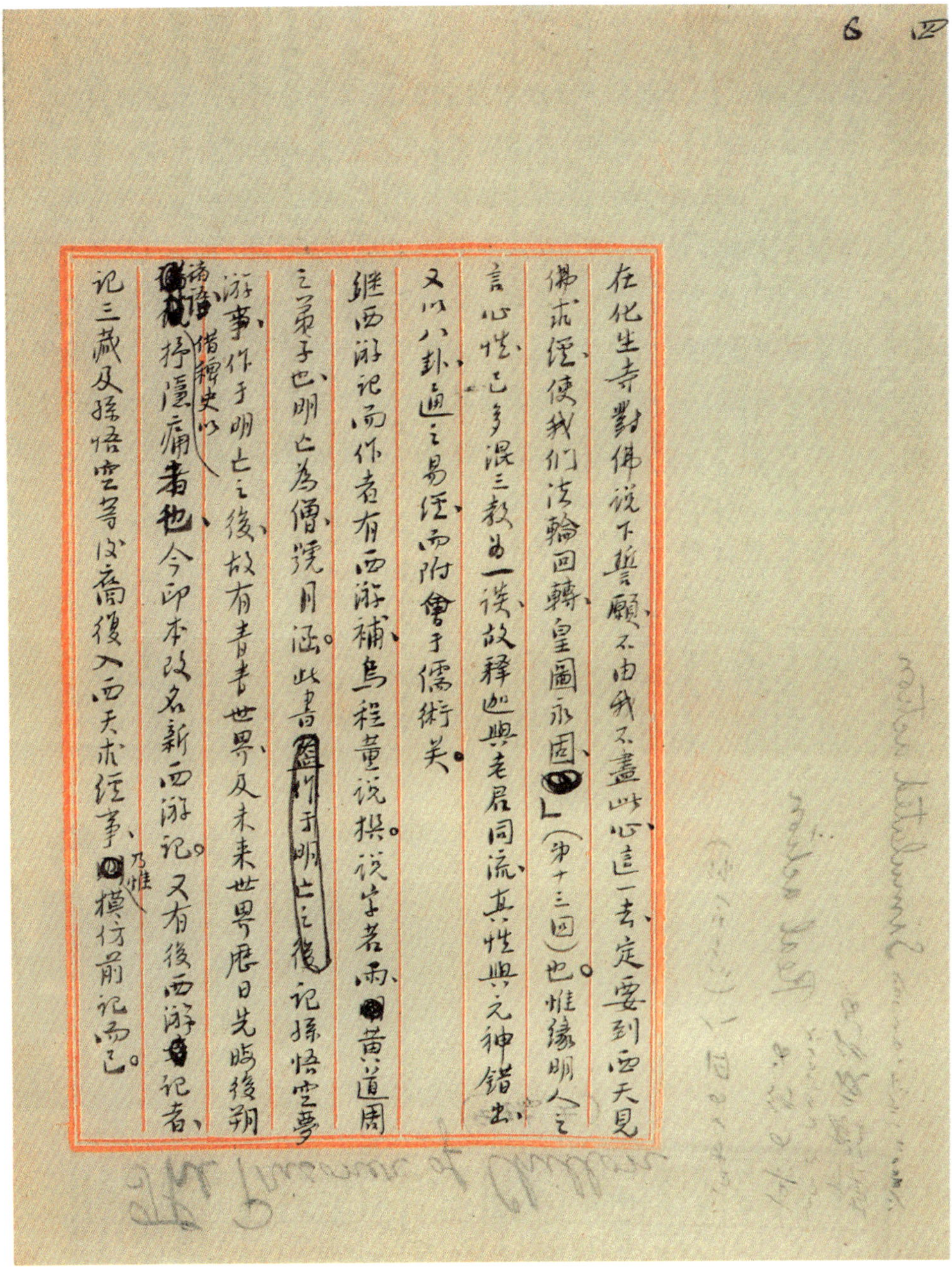
6 四
在化生寺對佛說下誓願、不由我不盡此心、這一去定要到西天見
佛求經使我們法輪回轉皇圖永固。」（第十三回）也惟緣明人之
言心性亡多混三教為一談、故釋迦與老君同流真性與元神錯出、
又以八卦通之易經、而附會于儒術矣。
繼西遊記而作者有西遊補、烏程董說撰。說字若雨、黃道周
之弟子也、明亡為僧、號月涵。此書記孫悟空夢
遊事、作于明亡之後、故有青青世界及未來世界歷日先晬後朔
借稗史以抒憤痛者也、今印本改名新西遊記。又有後西遊記者、
記三藏及孫悟空等從齋復入西天求經事、乃惟模仿前記而已。

鲁迅《中国小说史略》手稿

玄同兄

今天仲密说悠悠我思有一篇短文是回骂
上海什么报的大约想登在每周评论上因为
该评论来的快而新青年来的慢
我想该文可以再钞一篇也登入新青年六卷二号随
感录庶几来而又来传播更广用副我辈大骂
特骂之盛意不知吾兄大人阁下以为何如

二月十六日　　弟庚言载拜

鲁迅致钱玄同（1919年2月16日）

玄同兄：

今天仲密说，悠悠我思有一篇短文，是回骂上海什么报的，大约想登在《每周评论》上，因为该评论出的快，而《新青年》出的慢。

我想该文可以再抄一篇，也登入《新青年》六卷二号《随感录》，庶几出而又出，传播更广，用副我辈大骂特骂之盛意，不知吾兄大人阁下以为何如?

二月十六日　弟庚言　载拜

由世界语译之波兰小说四篇，是否我收全而看过，候等雁冰手函、信并什曼斯卡小说已收到，其德文本略一校，则三种互有增损，而德译与世界语译相同之处较多，如其姑娘之不甚可靠确矣。德译者 Lous Jarnsić，名字如此难拼，为作者之同乡无疑，其对于原语必不至于误解也。惜该书无序，所以关于作者之事只在斯拉夫文学史中有五六行，稍缓译寄。

来信有做体操之说，而我当时未闻，故以电话问之，得长井答云：先生未言做伸腿伸开之体操，只须每日早（我想昼太热，两次也好了）昼晚散步三次，而散步之程度，逐渐加深，而以不ツカレル为度。又每日早晨须行深呼吸，不限次数，以不ツカレル为度，此很要紧。至于对面有几个时髦之人，则移此间亦好，但若神经ノセイ，觉得可厌，则不近其窗下可也（此节我并不问，系彼自言）云云。

世兄所谓体操，未知是否即长井之所谓深呼吸耶，写出备考。

十三夜

树上

二弟览：Karasek的斯拉夫文学史，将窠囉泼泥子街收入诗人中，竟于小说全不提起，现在立译亭上，可修改错用之。末尾说到「物语」，大约便包括小说在内者乎？这所谓「物语」，原是Erzählung，不能译作小说，其意思只是「说话」「说说谈谈」，我想译作「叙述」或「叙事」，似较好也。精神（Geist）似可译作「人物」。时事新报有甚么（忘其名）一文，大骂自然主义而欣幸中国之有象征主义作品之发生。然而他之所谓象征作品者，曰冰心女士的超人，月光，叶圣陶的低能儿，许地山的命命鸟之类，这真教人不知所云。痛杀我辈者也。我本也想抗议，然而思之，何必，所以大约作罢了。

大学编译处由我以信并印花送去，而彼但批之「不代售」云云，并不开封，看我如何的说，殊为不合。我想直接寄去亦不妥。不妨暂时阁起，待后再说，因为以前之印花从之未取，何必为「商量」拖延乎。然而「商量」追索，大约仍向该处，该处倘再有信来，则我当也骂

鲁迅致周作人（1921年7月13日）

二弟览：

Karásek的《斯拉夫文学史》，将窠罗泼泥子街收入诗人中，竟于小说全不提起，现在直译寄上，可修改酌用之，末尾说到“物语”，大约便包括小说在内者乎？这所谓“物语”，原是Erzhlǔng，不能译作小说，其意思只是“说话”“说说谈谈”，我想译作“叙述”，或“叙事”，似较好也。精神（Geist）似可译作“人物”。

《时事新报》有某君（忘其名）一文，大骂自然主义而欣幸中国已有象征主义作品之发生。然而他之所谓象征作品者，曰冰心女士的《超人》、《月光》，叶圣陶的《低能儿》，许地山的《命命鸟》之类，这真教人不知所云，痛杀我辈者也。我本也想抗议，既而思之则“何必”，所以大约作罢耳。

大学编译处由我以信并印花送去，而彼但批云“不代转”云云，并不开封，看我如何的说，殊为不屈。我想直接寄究不妥。不妨暂时阁起，待后再说，因为以前之印花税亦未取，何必为“商贾”忙碌乎。然而“商贾”追索，大约仍向该处，该处倘再有信来，则我当大骂之耳。

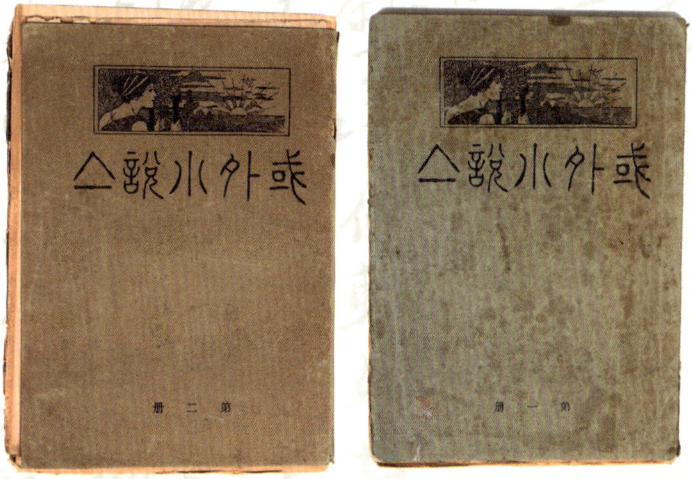

鲁迅和周作人合作翻译出版的《域外小说集》第一、二册

此书由鲁迅设计封面，陈师曾题写书名，日本东京神田印刷所印制，东京群益书店及上海广兴隆绸缎庄发售

我想汪公之诗，汝可略一动笔，由我寄还，以了一件事。

由世界语译之波兰小说四篇，是否我收全而看过，便寄雁冰乎？信并什曼斯キ小说已收到，与德文本略一校，则三种互有增损，而德译与世界语译相同之处较多，则某姑娘之不甚可靠确矣。德译者S.Lopuszánski，名字如此难拼，为作者之同乡无疑，其对于原语必不至于误解也。惜该书无序，所以关于作者之事，只在《斯拉夫文学史》中有五六行，稍缓译寄。

来信有做体操之说，而我当时未闻，故以电话问之，得长井答云：先生未言做伸舦（拢）伸开之体操，只须每日早昼晚散步三次（我想昼太热，两次也好了），而散步之程度，逐渐加深，而以不ツカレル为度。又每日早晨，须行深呼吸，不限次数，以不ツカレル为度，此很要紧。至于对面有疑似肺病之人，则于此间无妨，但若神经ノセイ，觉得可厌，则不近其窗下可也（此节我并不问，系彼自言）云云。汝之所谓体操，未知是否即长井之所谓深呼吸耶，写出备考。

十三夜　树　上

事故綜錯繁多，雖同若作，實處荊棘中。在廣州之談，頗無事益，蓋實有慨而言。志大才疏，哀北海之終不免也。邇來南朔奔波，所聞頗衆，聚感積重，甚為狂言，自料或與兄之意見有殊異之處，幸在知己，尚希恕之。要之，一涉目前政局，便即不危不還，瞭居歲暮，凡百一新，弟之處境亦同，雖助矣。此布，即請近安，不盡。

弟樹人啓上　十二月廿日

子英先生大鑒：敬啟者，前日奉到惠函，季市則亦于是日下午來寓，尚未見寄。資冉之函因與談及編製字典事，其言謂國學研究所中尚未擬辦此種事業，教育部之編譯員則已經裁汰云云。然則事殊難成也。語季市亦有函，為答今弟先以奉聞耳。其實在今筆墨生涯亦殊非生活之道，以此謀活者豈識學術才力有以致之歟？禮禮

鲁迅致陈濬（1928年12月30日）

子英先生大鉴:

敬启者，前日奉到惠函，季市则亦于是日下午来寓，尚未见寄宁之函。因与谈及编制字典事，其言谓：国学研究所中尚未拟办此种事业，教育部之编译员则已经截止，云云。然则事殊难成也。谅季市当亦有函为答，今第先以奉闻耳。其实在今，笔墨生涯亦殊非生活之道，以此得活者，岂诚学术才力有以致之欤？种种事故，综错滋多，虽曰著作，实处荆棘。弟在广州之谈魏晋事，盖实有慨而言。“志大才疏”,哀北海之终不免也。迩来南朔奔波，所阅颇众，聚感积虑，发为狂言。自料或与兄之意见有睽异之处，幸在知己，尚希恕之。要之一涉目前政局，便即不尬不尴。瞬届岁暮，凡百一新，弟之处境，亦同鸡肋矣。此布，即请
近安不尽。

弟树人　启上　十二月卅日

三　艺文

鲁迅曾评价汉代画像石艺术，“气魄深沉雄大”。我们看待鲁迅的成就和功绩，会发现这一评论同样适合。鲁迅作为中国现代伟大的文学家、思想家和革命家，以笔代戈，战斗一生，被誉为“民族魂”。其实，在这一光环背后，我们还可以看到他与艺术的多重交集。

鲁迅有着深厚的艺术素养和卓越的艺术成就。他对于西方造型艺术，对于中国、日本的雕刻与平面视觉艺术，都有兴趣，有研究；他的文学创作还渗透着丰富多样的音乐化成分和手法。或许，我们套用古代词汇“艺文”（即艺术、文化等物的通称，也包罗典籍、字画），方可约略概括鲁迅的浩瀚。

鲁迅提倡文艺运动，最初的内容就是文学和美术，尤以美术的自觉更加占先。他发表《拟播布美术意见书》，翻译《艺术玩赏之教育》《社会教育与趣味》，并与陈师曾一起筹办儿童美术展览会,这些都是践行美术教育的活动。当然，后来鲁迅着力最多的是对于木刻版画的倡导，从而形成了新兴木刻运动。这是借鉴西方木刻技艺，同时适合中国审美特色的现实主义艺术活动，更是一场描写社会现实、“为社会而艺术”的运动。鲁迅对年轻的木刻给予支持，鼓励“以这东方的美的力量，侵入文人的书斋去”。同时，又敏锐地注意到木刻青年们创作中的不足，尽力呵护这株幼苗的健康成长。他看到问题的症结，犀利地告诫：“就要严防它的堕落和衰退，尤其是蛀虫，它能使木刻的趣味降低，如新剧之变为开玩笑的‘文明戏’一样。”这番话意味深长。关于版画艺术的技巧和修养，鲁迅在给李桦的信中曾云：“来信说技巧修养是最大的问题，这是不错的……但是，如果内容的充实，不与技巧并进，是很容易陷入徒然玩弄技巧的深坑里去的。”鲁迅对版画艺术内容与语言的关系把握精当，显示出一代导师和指引者的真知灼见。鲁迅的这些文艺观点、谆谆教诲，往往流露、渗透在他致青年学生、木刻学习者的信中。鲁迅历来是实践者、行动者，不是空头的鼓动家。他和木刻青年的往来信件留存不少,在信中，鲁迅除了精神上加以鼓励、关心，还进一步具体指教，评判得失。对于追求进步，追求革命的青年来说，鲁迅无疑就是一把高擎不灭的火炬，照亮了黑沉沉的夜空，照亮了青年人的心，为青年们指明了前进的方向。许多当时的热血青年，后来成了卓有成就的木刻家，他们回忆起当年与鲁迅先生的交往，都是无不动容的。

鲁迅的收藏中，真正的“绘画原作”并不丰厚，大约只有版画原拓和少量的用于装饰张挂的外国油画。但其收藏了大量绘画、雕刻的印刷品，都是在那个时代印得比较精致的。其中，中国古画的画册，除了上海著名出版机构出品的珂罗版影印本之外，还有一套日本出版印刷的《唐宋元名画大观》，厚厚的上下两大册，可谓代表了当时最佳的印刷水平。这书是一位日本女子高良富回赠鲁迅的礼物。高良富毕业于美国哥伦比亚大学，后回国在东京女子大学任教，她热爱和平，是日本友好协会（F.O.R.）成员。高良富原计划途经上海去印度会见甘地，谋求和平盛举，但到上海后却不幸罹患肺炎，只得暂住在内山完造家里养病。1932年1月12日，她见到了鲁迅，交谈中鲁迅对日本国内局势表示了忧虑。高良夫人介绍说：“在日本，也有对企图全面侵略中国的军部存有反抗心的人，像我们这样就是正在赴印途中，准备去邀请甘地先生。”鲁迅听了非常高兴。1月23日的《鲁迅日记》有为“高良夫人写一小幅”，句云“血沃中原肥劲草，寒凝大地发春华；英雄多故谋夫病，泪洒崇陵噪暮鸦”，颇有现实寓意。题赠由内山完造转交，高良富在回国后购买了这套中国古画图录作为回赠，鲁迅收到后，于6月2日复函致谢。

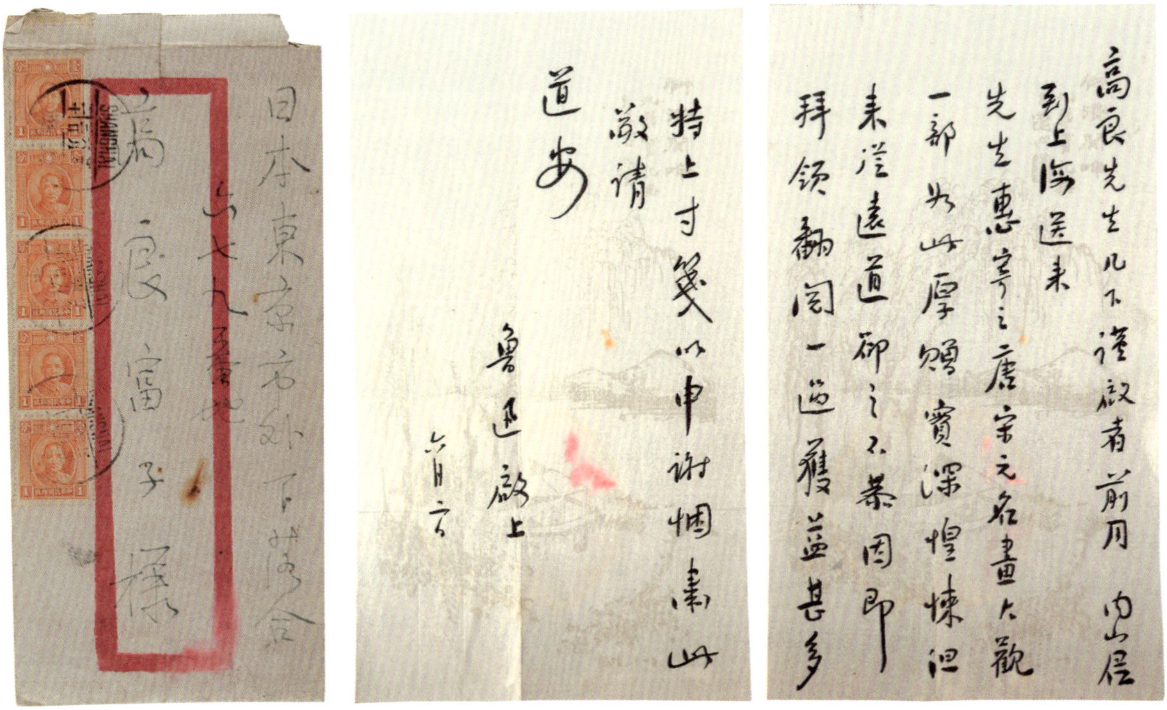

鲁迅致高良富（1932年6月2日）

高良先生几下：

谨启者，前月，内山君到上海，送来先生惠寄之《唐宋元名画大观》一部。

如此厚赠，实深惶悚，但来从远道，却之不恭，因即拜领。翻阅一过，获益甚多，特上寸笺，以申谢悃。肃此敬请

道安。

鲁迅　启上

六月二日

野夫先生：

昨收到来信并《铁马版画》一本，谢谢！《画集》也早收到，因多，一搁下，便忘记奉复了，非常抱歉。近一年多，在做别的琐事，木刻久未留心，连选集，我十幅木刻，也还未细看。不过也时时看见，觉得木刻之在中国，虽然已经流行，却不见进步，有些作品，其实是不该印出来的，而个人的专集，尤常有充数之作。所以我想，倘有一个团体，大范围的组织起来，严选作品，出一期刊，实为必要而且有益。我希望铁马社能够做这工作。

二十日起，上海要开苏联版画展览会，其中木刻不少（会址就在这不远，那时会有广告的），于中国木刻家大有益处，我希望先生和朋友们去看看。此布复，即颂

春禧

迅 上

二月十七

鲁迅致郑野夫（1936年2月17日）

野夫先生：

顷收到来信并《铁马版画》一本，谢谢！《卖盐》也早收到，因（为杂事）多，一搁下，便忘记奉复了，非常抱歉。近一年多，在做别的琐事，木刻久未留心，连搜集了几十幅木刻，也还未能绍介。不过也时时看见，觉得木刻之在中国，虽然已颇流行，却不见进步，有些作品，其实是不该印出来的，而个人的专集，尤常有充数之作。所以我想，倘有一个团体，大范围的组织起来，严选作品，出一期刊，实为必要而且有益。我希望铁马社能够做这工作。

二十日起，上海要开苏联版画展览会，其中木刻不少（会址现在还不知道，那时会有广告的），于中国木刻家大有益处，我希望先生和朋友们去看看。专此布复，即颂

春禧。

迅　上　二月十七日

四 家事

鲁迅的家庭观念很强，曾专门写有《家庭为中国之基本》，说“家是我们的生处，也是我们的死所”。作为启蒙思想家，他对于现代家庭的建构一直予以深切关注和研究。当然，这种建构是有破有立的。鲁迅早在五四前夕就提出了“立人”的主张，开始了“改造国民性”的执着追求。他主张个体生命自由，尊个性而张精神，“张大个人之人格”。并认为，这首先应构建于“国之基本”的家庭中，家庭秩序、社会秩序都应该建立在人的生命价值基础之上，以有利于个体生命的生存和发展为标准。

而实情是，中国封建旧道德中的糟粕——所谓的纲常伦理吞没了人的个性权利，到了“存天理灭人欲”“饿死事小，失节事大”的境地。要实现“伦理的觉悟”，就不能不对旧道德进行彻底地批判。对于遵循旧有的尊卑秩序、两性秩序所体现的君臣关系、父子关系、夫妇关系而引起的弊端和悲剧，鲁迅在一系列作品和文章中予以无情揭露，如《伤逝》《离婚》《五猖会》《风筝》《我们现在怎样做父亲》《娜拉走后怎样》《我之节烈观》《二十四孝图》，等等。同时，鲁迅也践行着传统中合理的部分，最典型的例子莫过于对待“孝”的态度。鲁迅批判的是压迫、违背人性的“孝”，以牺牲“幼小”为代价的“孝”，以及以“孝”的名义而进行的欺诈，这在《狂人日记》《祝福》《理水》《肥皂》等作品中都有反映。同时，鲁迅又在作品中以正面形象塑造了传承孝道的知识人士和农民。如《在酒楼上》里的吕纬甫为了却母亲的心愿，而给早已死去的三岁小弟迁坟；《在酒楼上》里的村姑阿顺因母亲去世早，作为长女自愿担起了许多家事，因怕父亲担心，直到咽气前几天才对父亲说自己得了重病；《孤独者》里的魏连殳自幼父母双亡，靠继祖母抚养成人，虽然自己生活拮据，但每次领到薪水后一定第一时间寄给继祖母……读了鲁迅笔下的这些描写，不能不使人联想到鲁迅本人。在父亲去世后，鲁迅成了周家的实

鲁迅母亲鲁瑞（1858—1943）

际当家人，他对母亲极尽孝心，对弟弟尽力照顾与提携，平日里，还要处理家庭事务。这在书信、日记中，都有迹可寻。

鲁迅自十八岁离开家乡外出求学，开始了常年在外的奔波人生，与亲人聚少离多，与家人多书信往来。仅根据鲁迅日记的记录，鲁迅与母亲往来书信有二百七十一次，其中“得母亲信”（由人代笔）一百五十一封，目前未见留存；“寄母亲信”现仅存五十封（其中一封为残件）。鲁迅与二弟、三弟的信留存更少。同样依鲁迅日记统计，鲁迅给周作人的信共四百四十五封（含少量明信片），收到来信四百四十三封，几乎对等，二人平均四五天就有一次信札往来；但目前鲁迅的信仅留存十九封，基本是在北京期间周作人于西山养病时所写，而周作人的信未有保留。鲁迅给三弟周建人的信件按道理应该更多，因为他们分别的时间更长，鲁迅对于未能出国留学的三弟很关心，寄书寄物、介绍工作，然而这些信件一封也没有保存下来。幸而鲁迅日记、周作人日记所述较为详细，再加上周作人、周建人晚年的回忆，许广平的回忆，以及幸存的鲁迅致许广平信七十九通，致其他亲戚信三通等资料，比较完整地还原了这段历史的点点滴滴。从这些现存家信的文字里，我们读到的鲁迅，是孝子，是贤兄，是对家庭、对女性高度尊重又极其负责的大丈夫，也是对孩子慈爱、认真的好父亲。

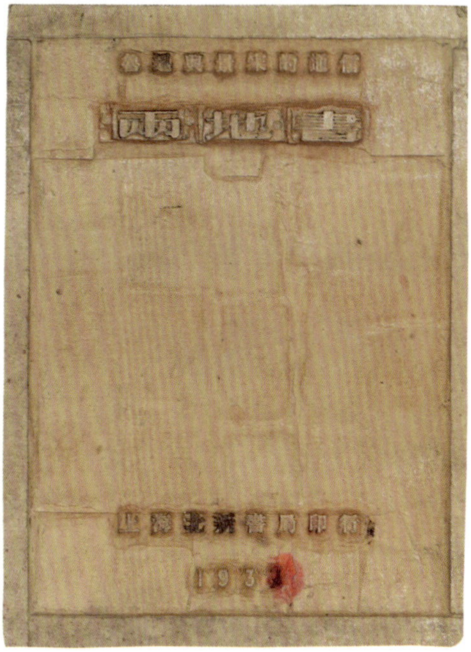

《两地书》

（1937 版北新书局纸型）

《两地书》初版于1933年4月，由北新书局以“上海青光书局”名义发行，因销路颇好，至1935年9月已经出到第四版。鲁迅逝世后，在1937 年3月又出了第五版，仍由北新书局出版

在鲁迅的私信中，和许广平的通信反映了两人相知、相爱、相守的过程。信中，表面的学校风潮、饭菜好坏、天气阴晴、世事人情之下，有思考，有犹豫，有抉择，是鲁迅与许广平从革命的情谊而至爱情的生活、情感写照。二人修成正果以后，将这些信件按照年月顺序编排，以《两地书》为书名正式出版了。鲁迅在序言中写道：“我们以这一本书为自己纪念，并以感谢好意的朋友，并且留赠我们的孩子，给将来知道我们所经历的真相。”“回想六七年来，环绕我们的风波也可谓不少了，在不断的挣扎中，相助的也有，下石的也有，笑骂诬蔑的也有，但我们紧咬了牙关，却也已经挣扎着生活了六七年。” 这是鲁迅与许广平关于理智与情感、道德与自由的光明磊落的读本。

鲁迅和其他亲友的通信今有三封留存，与密友许寿裳亦有数封通信存世，所托私事有替友人觅职，交代详尽周到，体现出鲁迅的细致、体贴、重情、助人。

海婴一百日全家合影（摄于 1930 年 1 月 4 日）

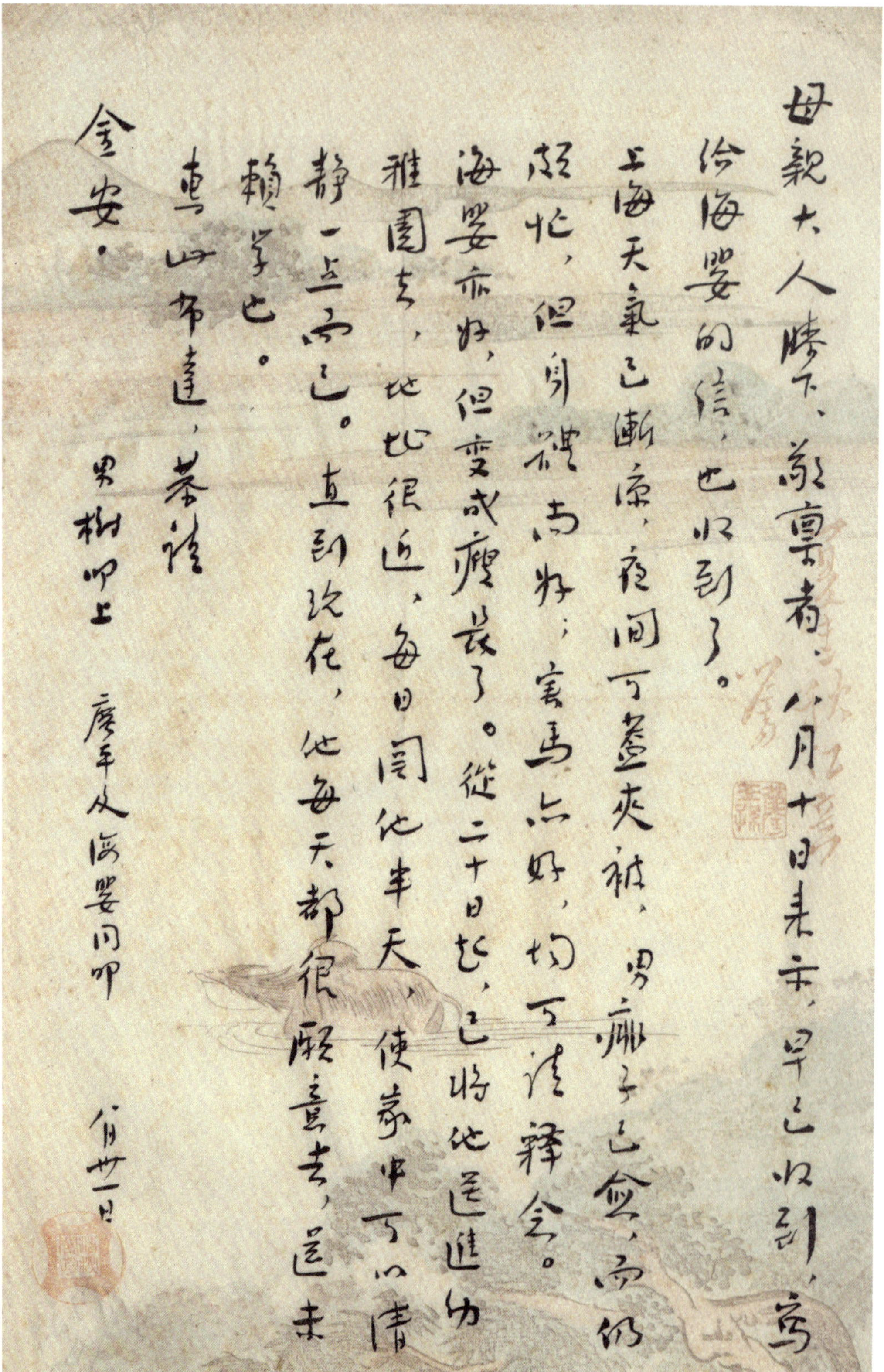

母親大人膝下，敬禀者，八月十日來示，早已收到，寫給海嬰的信，也收到了。

上海天氣已漸凉，夜間可蓋夾被，男痱子已愈，而仍頗忙，但身體尚好；害馬亦好，均可請釋念。

海嬰亦好，但變成瘦長了。從二十日起，已將他送進幼稚園去，地址很近，每日閙他半天，使家中可以清靜一点而已。直到現在，他每天都很願意去，送來賴學也。

專此布達，恭請

金安。

男樹叩上

廣平及海嬰同叩

八月廿一日

鲁迅致母亲（1935年8月31日）

母亲大人膝下：

敬禀者，八月十日来示，早已收到，写给海婴的信，也收到了。

上海天气已渐凉，夜间可盖夹被，男痱子已愈，而仍颇忙，但身体尚好；害马亦好，均可请释念。

海婴亦好，但变成瘦长了。从二十日起，已将他送进幼稚园去，地址很近，每日关他半天，使家中可以清静一点而已。直到现在，他每天都很愿意去，还未赖学也。

专此布达，恭请

金安。

男树叩上　广平及海婴同叩　八月卅一日

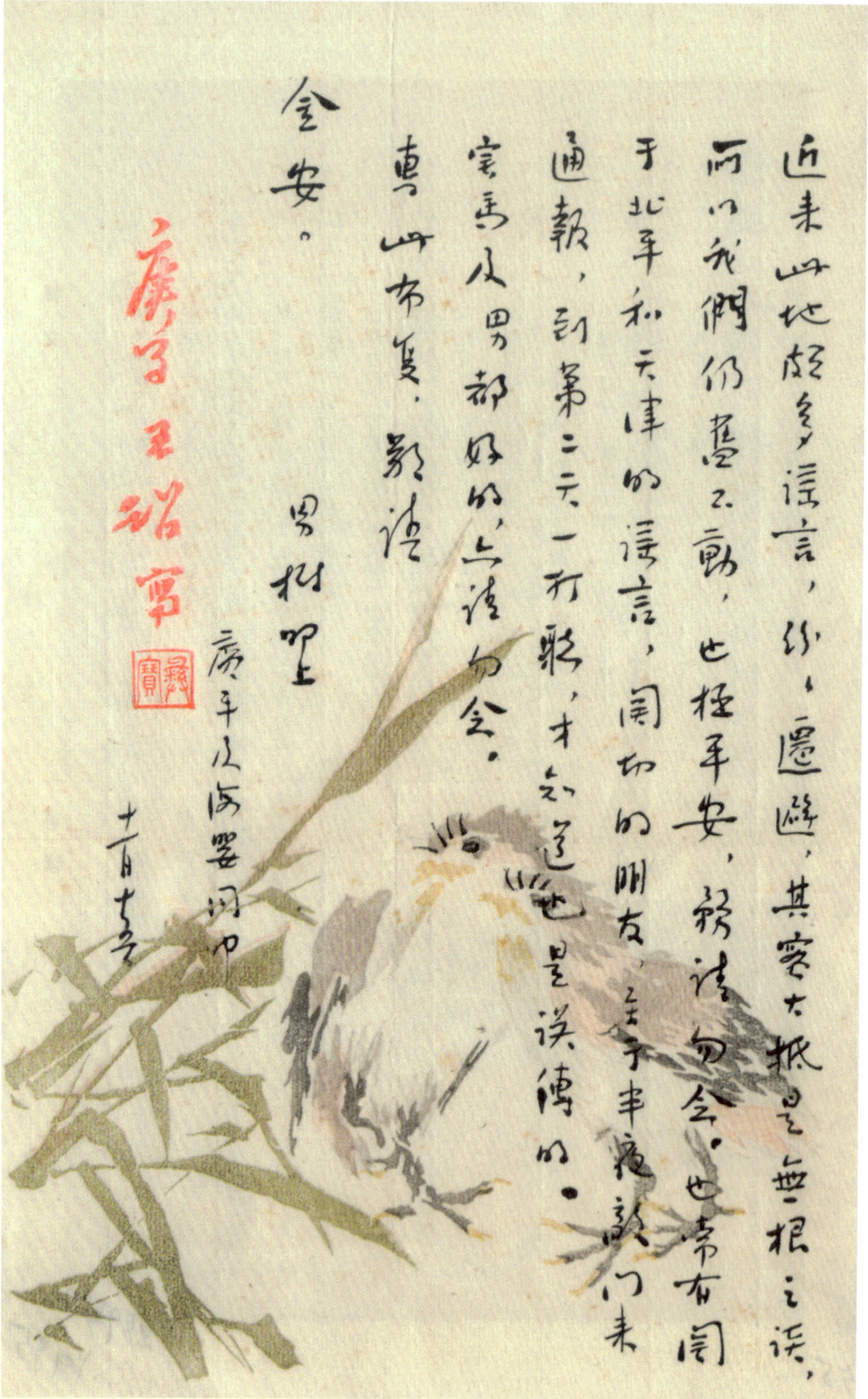

近来此地颇多谣言，纷纷迁避，其实大抵是无根之谈，所以我们仍旧不动，也极平安，请勿念。也常有闻于北平和天津的谣言，关切的朋友，至于半夜敲门来通报，到第二天一打听，才知道也是谣传的。害马及男都好的，亦请勿念。专此布达，敬请

金安。

男 树 叩上

广平及海婴同叩

十月十三日

母親大人膝下，敬稟者，十月十一日來信，早已收到，前回的一封，也早收到了。牙痛近來不知如何？倘常痛，恐怕只好拔去，不過假牙無法可裝，都很不便，只能吃真實很軟的食物了。

海嬰很好，每天上幼稚園去，不大頑皮了。他比夏天胖了一點，雖然還要算瘦，卻很長，剛滿六歲，別人都猜他是八九歲，他是細長的手和腳，像他母親的。今年總在吃魚肝油，沒有間斷過。

他什麼事情都想模仿我，用我來做比，只有衣服不肯學我的隨便，愛漂亮，要穿洋服了。

鲁迅致母亲（1935年11月15日）

母亲大人膝下：

敬禀者，十一月十一日来信，顷已收到，前回的一封，也早收到了。牙痛近来不知如何？倘常痛，恐怕只好拔去，不过假牙无法可装，却很不便，只能专吃很软的食物了。

海婴很好，每天上幼稚园去，不大赖学了。他比夏天胖了一点，虽然还要算瘦，却很长，刚满六岁，别人都猜他是八九岁，他是细长的手和脚，像他母亲的。今年总在吃鱼肝油，没有间断过。

他什么事情都想模仿我，用我来做比，只有衣服不肯学我的随便，爱漂亮，要穿洋服了。

近来此地颇多谣言，纷纷迁避，其实大抵是无根之谈，所以我们仍旧不动，也极平安，务请勿念。也常有关于北平和天津的谣言，关切的朋友，至于半夜敲门来通报，到第二天一打听，才知道也是误传的。

害马及男都好的，亦请勿念。

专此布复，敬请

金安。

男树叩上

广平及海婴同叩

十一月十五日

鲁迅一家合影（1931 年 7 月摄于上海）

柔石等牺牲后，母亲十分担心鲁迅的安危，为释母亲悬念，鲁迅特意拍摄了这张全家合影寄去

季市兄：

賢葉各帖已送來。世瑛之書共七元五角，此款可于便中交紫佩，因弟在託其裝訂舊書也，並請囑其倘有餘款，不必送往寓中，可暫存其處，為他日續訂破書之用。陶小姐為十六元，帳單之類，送款不必急急，因弟並無急需也。

弟前患病，現已復原，婦孺亦安，可抒錦注耳。

匆此布達，即請

文安。

弟 飛 頓首

十二月二十六夜

鲁迅致许寿裳（1934年12月26日）

季市兄：

医药费帐已送来。世瑒兄共七元五角，此款可于便中交紫佩，因弟在托其装修旧书也，并请嘱其倘有余款，不必送往寓中，应暂存其处，为他日续修破书之用。陶小姐为十六元，帐单乞转寄，还款不必急急，因弟并无急需也。

弟前患病，现已复原；妇孺亦安，可抒锦注耳。

匆此布达，即请

文安。

弟飞　顿首

十二月二十六日夜

季巿兄：

昨寄奉一函并醫院帳目，想早達覽。近聞鄭君振鐸，頗有不欲久居燕大之意，此君熱心好學，世所聞知，倘其投閒，至为可惜。因思今夫秋起，學院中不知可請其教授文學否？渠無色采，又不詭隨，在諸生間，當無反對者。以意不揣冒昧，貢其愚忱，倘其有當，尚希採擇，將來或直接与洽，或由弟居中紹介，均無不可。如何之處，且希示復也。專此布達，並請

教安。

弟 飛 頓首

一月九夜。

鲁迅致许寿裳（1935年1月9日）

季市兄：

去年寄奉一函并医院帐目，想早达览。近闻郑君振铎，颇有不欲久居燕大之意，此君热心好学，世所闻知，倘其投闲，至为可惜。因思今天秋起，学院中不知可请其教授文学否？既无色采，又不诡随，在诸生间，当无反对者。以是不揣冒昧，贡其愚忱，倘其有当，尚希采择，将来或直接接洽，或由弟居中绍介，均无不可。如何之处，且希示复也。专此布达，并请

教安。

弟飞　顿首　一月九夜

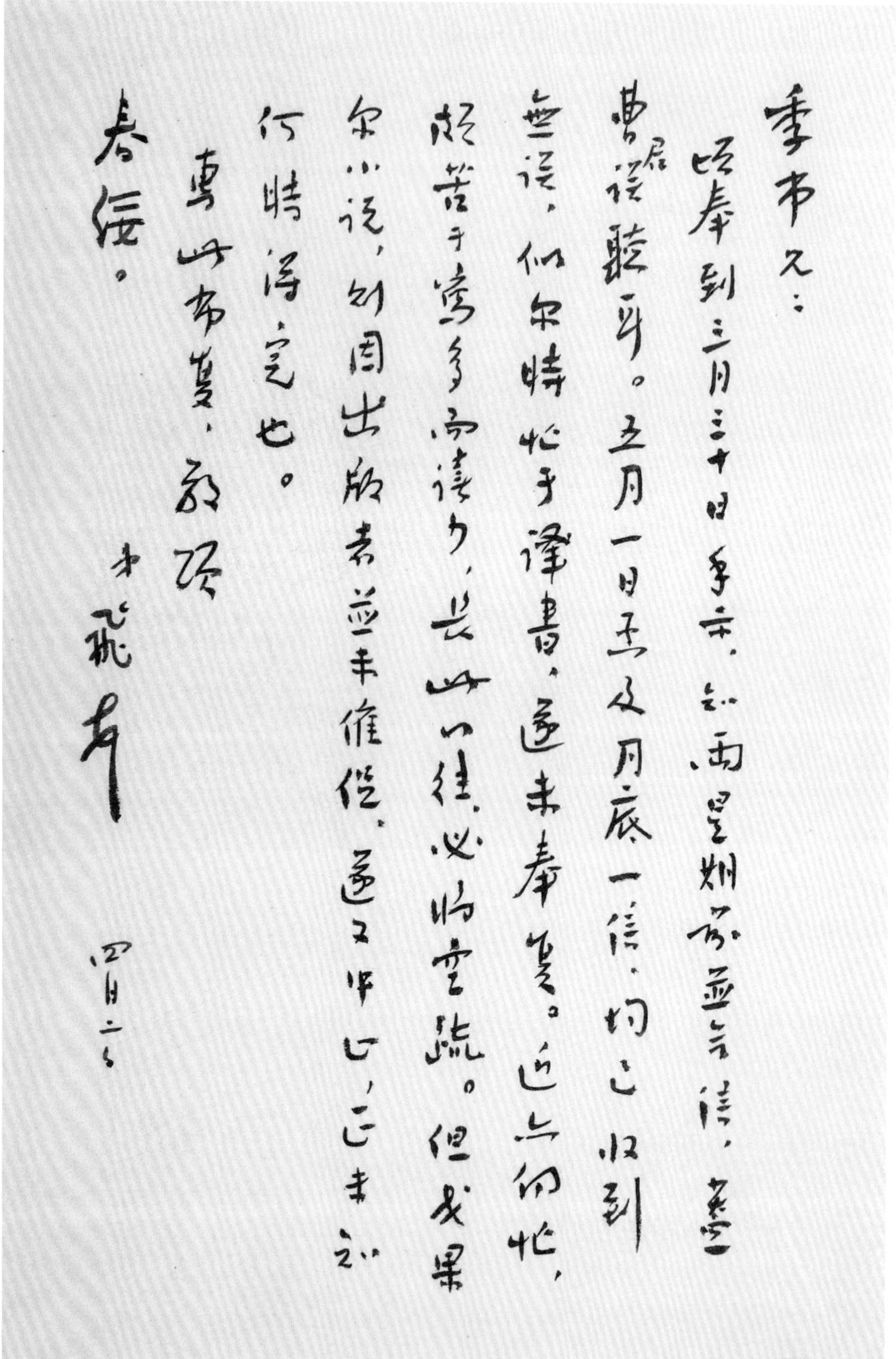

季市兄：

昨奉到三月三十日手示，知两星期前并有信，盖曹谷（居）听耳。五月一日函及月底一信，均已收到无误，似为时忙于译书，遂未奉复。近亦何忙，颇苦于写多而读少，长此以往，必将空疏。但我果为小说，则因出版者并未催促，遂又中止，正未知何时得完也。

专此布复，敬颂

春绥。

树

四月二六

鲁迅致许寿裳（1935年4月2日）

季市兄：

顷奉到三月三十日手示，知两星期前并无信，盖曹君误听耳。五月一日函及月底一信，均已收到无误，似尔时忙于译书，遂未奉复。近亦仍忙，颇苦于写多而读少，长此以往，必将空疏。但戈果尔小说，则因出版者并未催促，遂又中止，正未知何时得完也。

专此布复，敬颂

春绥。

弟飞　顿首　四月二日

看文字作品的程度。家里原有祖遗的四五十亩田，但在父亲死掉之前，已经卖掉了。这时我十三岁，但还勉强读了三四年多的中国书。因为没有钱，就得寻不用学费的学校，于是去到南京，住了半年，考进了水师学堂。在轮机科，我想，那实在太难了，便走出，又考进了矿路学堂，在那里毕业，被送往日本。但我又变计，改而学医，学了两年，又变计，要去学文学了。于是看些外文书，翻译，论文，设法在刊物上发表。直到一九一〇年，我的母亲无法生活，这才回国，在杭州的师范作助教，次年在绍兴中学作监学。一九一二年革命以后，被任为绍兴师范学校校长。但绍兴革命军的首领是强盗出身，我不满意他的行为，他说要杀死我了，我就到南京，在教育部办事，由此进北京，做到社会教育司的第二科科长。一九一八年「文学革命」运动起，我始以「鲁迅」的笔名做小说，登在「新青年」上，以后就时时作些短篇小说和短评；一面也做北京大学，师范大学，女子师范大学的讲师。因为做评论，敌人就多起来，北京大学陈源教授开始发表「鲁迅」就是我，由此弄到段祺瑞将我撤职，并要逮捕我。我只好离开北京，到厦门大学做教授；约有半年，和校长冲突了，以及别的几个教授，便到广州，在中山大学做了教务长兼文科教授。

又约半年，国民党北伐，得了胜利，厦门的有些教授就也到广州来了，不久就清党，我未见过这么杀人的，我就辞了职，回到上海，想以译作谋生。但因为加入自由大同盟，遂有国民党在通缉我了。我便躲起来。此后又加入了左翼作家联盟，民权同盟。到今年，我的六年以来的译作，几乎全被国民党所禁止。

鲁迅的字

我……在生活的路上，将血一滴一滴地滴过去，以饲别人，虽自觉渐渐瘦弱，也以为快活。

一　文人书卷气

鲁迅留下的近千万字作品，除了少数学生时代的练习、笔记，绝大多数都是用毛笔写成，就是以那种“绍兴卜鹤汀双料金不换”兼毫小楷笔所书写。他自十八岁赴南京求学就离开了绍兴，在上海、北京等大城市里生活，各地名号响亮的笔庄不少，毛笔种类也颇丰富，可鲁迅唯独偏爱家乡的这个老品牌。他也赞同钢笔书写的便捷、高效，但自己依然钟情于传统的书写方式。鲁迅交往的友人，较他年长者，如蔡元培等多用毛笔，平辈者，如许寿裳等也用毛笔较多，而较年轻的瞿秋白、郑振铎、冯雪峰、沈雁冰、赵家璧等则多用钢笔，这是时代使然。但正是鲁迅的这种自觉地日常书写，令今天的我们大为庆幸。虽然鲁迅的千万言墨迹只留存了一部分，但足以窥见他在传统向现代转化的进程中，在新旧交替、中西会通之际，作为文化人，通过一种书写方式所体现出来的精神风貌，而文人书卷气正是其中重要的内涵。

鲁迅书风里的书卷气蕴藉着血性与骨气，具有着中国传统文化深厚的力量与背景，既有篆隶之功，又有魏晋之韵，既有唐楷之法，也有明清之态，不同的书法风格熔于一炉。鲁迅的书法，碑帖相融，个性突出，显示着民国学人旧学的底子和特有的格调。这是长期受文化熏陶所形成的个人审美。绍兴是书圣故里，自古以来各类名家手迹、法帖拓本的传摹临写、收藏欣赏蔚为风气。鲁迅出身书香门第，周府为绍兴大家族，鲁迅父亲及塾师皆是当地研习书法的兰亭会成员。现存鲁迅少年时期抄录的祖父诗作《桐华阁诗钞》和格言《恒训》，字迹中规中矩。鲁迅早年学书源自私塾课堂，在三味书屋时期，任教的寿镜吾先生是“极方正、质朴、博学”的人，因此他选用的范帖“大约应该是欧阳询法书”。总的说，鲁迅早年书法宗帖为主，以“欧体”打底，间或有“颜体”特点。鲁迅在日本求学时，曾参加章太炎举办的国学讲习会，课程内容是《说文解字》《尔雅》等字词经典。章太炎擅长篆书，著有《论碑版法帖》《与汪旭初论单钩书》等书论，他授课时曾以篆书为板书。其师从晚清大儒俞樾，俞樾则师承阮元。他们都是碑学的积极宣传者，极为崇尚古碑。章太炎1915年为鲁迅书录《庄子·天运》名句：“变化齐一，不主故常。在谷满谷，在阬满阬。涂卻守神，以物为量。书赠豫才。”此作出于碑法，金石气息浓郁，给鲁迅以深刻影响，鲁迅对书法的尚碑倾向或由此开始形成。

其实中国的书法，在唐代以前就是学碑，自从唐太宗推崇、搜求王羲之墨迹后，才转为学帖。但那时学的帖，是晋人真迹。王羲之的墨迹，在北宋宣和年间内府据称还多达二百四十三件，推测在唐代应该更多。后真迹愈来愈稀少，自宋太宗起刻《淳化阁帖》，将真迹借助于石刻木刻，转拓成黑底白字的字帖，化身千百而惠及书学，帖学渐盛。传到后世，几经翻刻，笔意渐失，积弊越来越多。清乾隆三十四年（1769）重刻《淳化阁帖》，用内府旧藏宋“毕士安本”上石，结果面目全非。据研究，“毕士安本”本身也是翻刻伪作，以讹传讹，帖学于是衰弱下去。要见古人书迹真面目，不可舍碑而趋帖。北碑的盛行，大体由乾隆、嘉庆时期的邓石如发其端，包世臣导其源，康有为总其成，而阮元、俞樾、章太炎等人都是尊碑理论的倡导者和实践者。

鲁迅受聘教育部，从南京入北京工作后，开始大量收集古代金石碑拓，辑录、校勘碑拓文献百余种，同时积累了大量书写实践体验。他当时做了两方面的事情，一是抄录石刻文献，即古来有关石刻的论述，用于理论研究；另一方面则是写碑，即摹写（包括双钩）石刻字型，直接按碑文临写同体文字以领会古法书意，犹如临帖。如此一来，鲁迅不仅对于汉字书体演变与特点有了系统掌握，而且个人书风也渐渐变化为带有金石（尤其是古碑）趣味的面貌。鲁迅也留意唐人墨迹。据《鲁迅日记》1912年8月20日，上午同司长并本部同事四人去图书馆阅敦煌石室所得唐人写经；同年10月1日，下午去琉璃厂买《敦煌石室真迹录》一部；1913年1月18日，午后去琉璃厂书肆，“见寄售敦煌石室所出唐人写经四卷，墨色如新，纸亦不甚渝敝，看毕还之”；1928年2月，往蟫隐庐买《敦煌石室碎金》《敦煌零拾》各一本。以鲁迅的书学修养和审美眼光，敦煌写经也是汲取滋养的绝好法帖，这一点，细细品赏鲁迅字迹，便可领略一二。鲁迅藏书中有一套日本出版的《书道集成》，可算是当时收录最完整、印刷最精美的书法史图录，这也成为鲁迅研究文字和书法的重要文献。此外，鲁迅还实地考察名刻古碑，比如，在1924年赴西安讲学之际曾去碑林参观，购拓片二十种。

鲁迅书写风格的形成是有一个过程的，以1917 年为重要节点，其书风由瘦长清挺转为宽博从容。这主要是根据目前留存的鲁迅日记原迹所作出的并不全面的判断。我们所熟悉的鲁迅手迹，比如存世的鲁迅书信，多数是他人生后半阶段所书写。追溯起来，鲁迅至三十六岁左右才渐渐形成了圆熟书风，早年的学帖和中年的临碑，是形成他书卷气的源泉。

鲁迅从来没有认为自己是书法家，他经常把自己的文稿墨迹随意处理，这在萧红和许广平的回忆录中都能看到。恰恰是鲁迅没有把自己当作一个书法家，他的书写文雅隽永、清新朴实、不事雕饰，显示出平和蕴藉的力量。他是勤勉的实践者，有着自己的审美、喜好，并非为尊碑而学碑，为扬帖而习帖，其个人书法面貌是经深厚传统浸染而自然形成的。

○世説新語 劉義慶

晉人清談之狀

唐摭言 五代王定保
雅雨堂叢書中有

唐文人取科名之狀態

抱朴子 外篇 葛洪
有單行本

內論及晉末社會狀態

論衡 王充

內可見漢末之風俗迷信等

今世説 王晫

明末清初之名士習氣

神仙眷屬林和靖鐵石
心腸宋廣平 [illegible]補

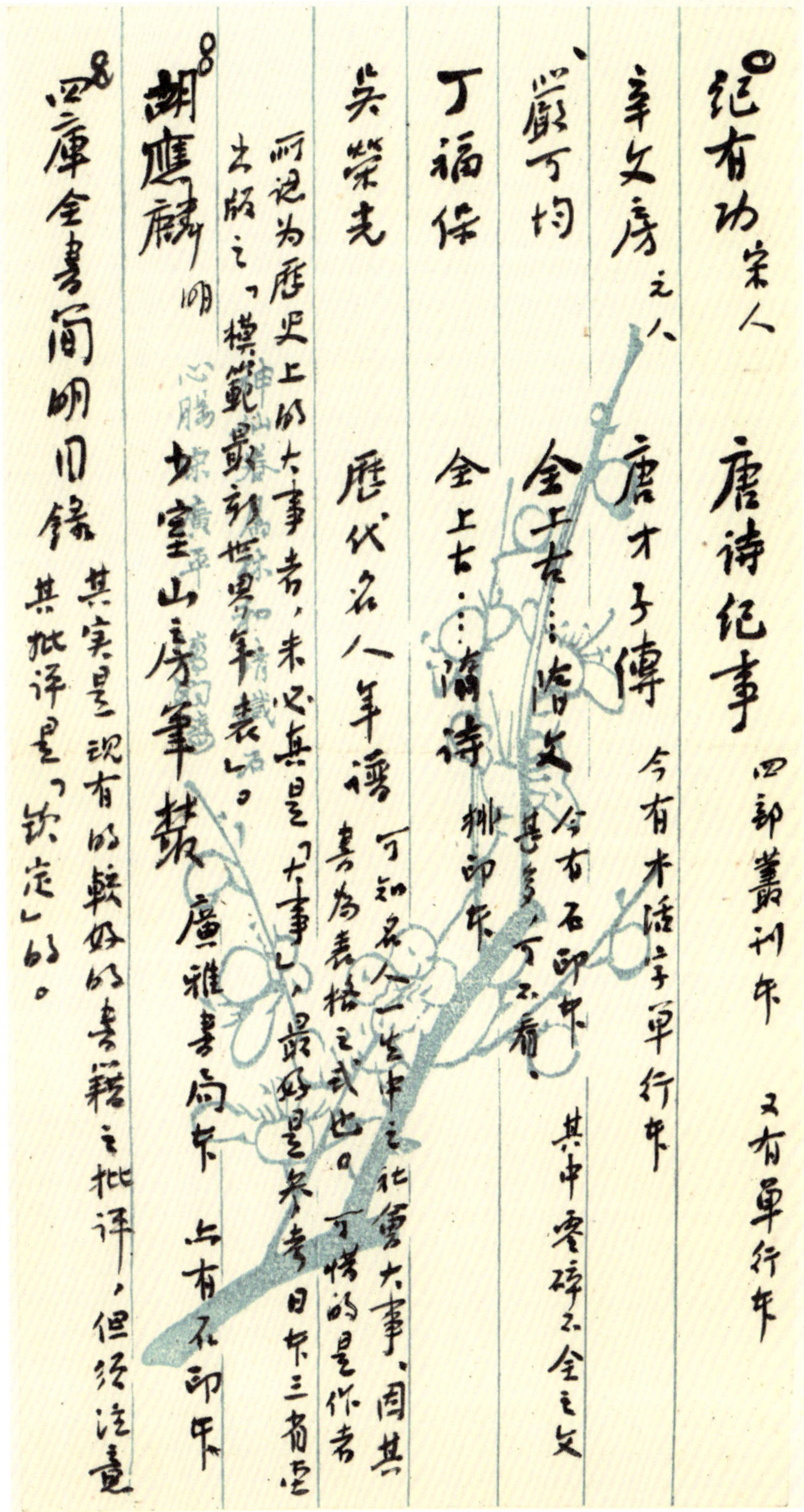
計有功 宋人 唐詩紀事 四部叢刊本 又有单行本

辛文房 元人 唐才子傳 今有木活字单行本

嚴可均 全上古……隋文 今有石印本 其中零碎不全之文甚多，可不看。

丁福保 全上古……隋詩 排印本

吳榮光 歷代名人年譜 可知名人一生中之社會大事，因其書為表格之式也。可惜的是作者所認为歷史上的大事者，未必真是「大事」，最好是參看日本三省堂出版之「模範最新世界年表」。

胡應麟 明 少室山房筆叢 廣雅書局本 亦有石印本

四庫全書簡明目録 其实是現有的較好的書籍之批評，但须注意其批評是「欽定」的。

鲁迅开给许世英的书单

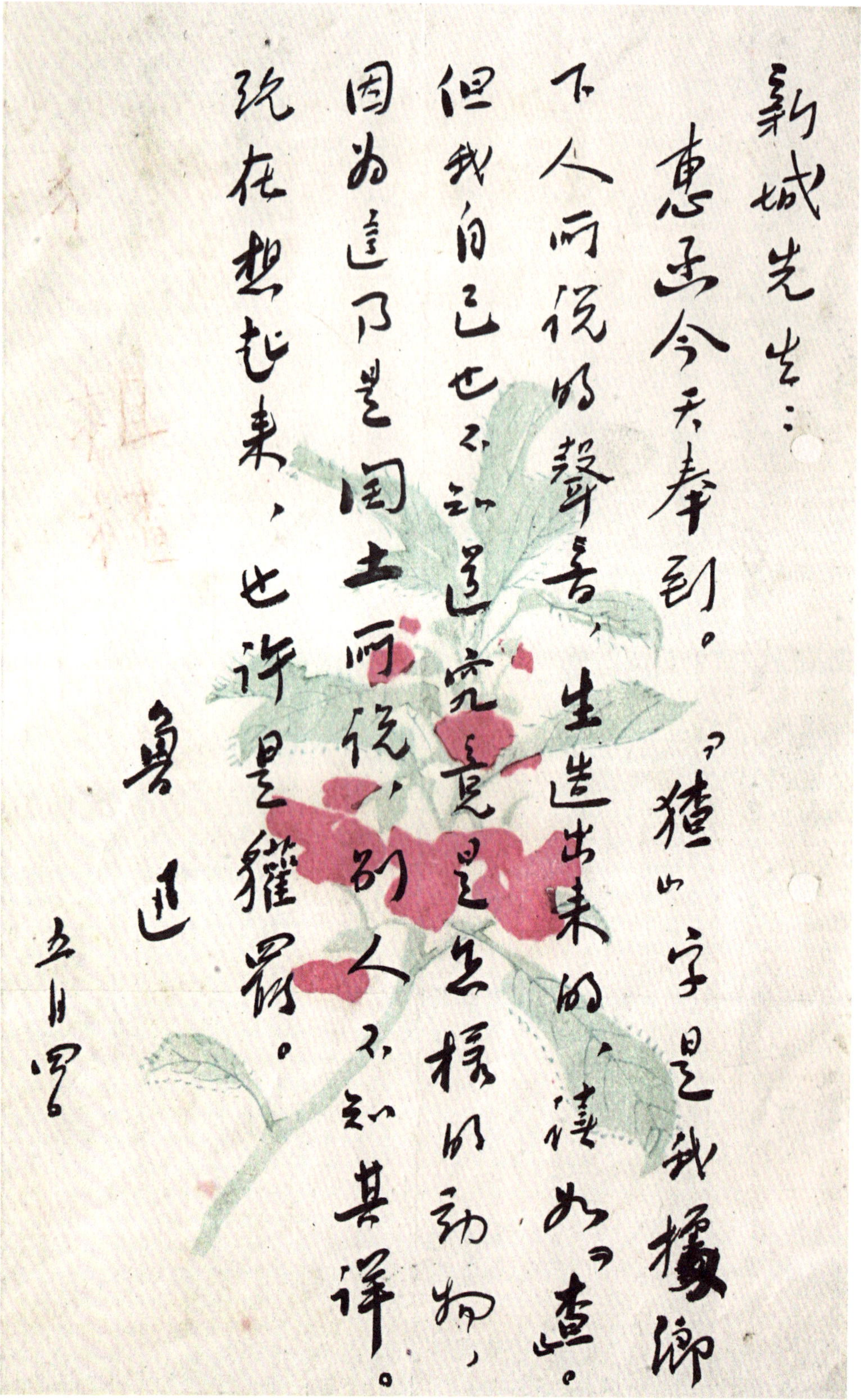

新城先生：

惠函今天奉到。“猹”字是我乡下人所说的声音，生造出来的，读如“查”。但我自己也不知道究竟是怎样的动物，因为这乃是闰土所说，别人不知其详。现在想起来，也许是獾罢。

鲁迅

五月四日

鲁迅致舒新城（1929年5月4日）

新城先生：

惠函今天奉到。“猹”字是我据乡下人所说的声音，生造出来的，读如“查”。但我自己也不知道究竟是怎样的动物，因为这乃是闰土所说，别人不知其详。现在想起来，也许是獾罢。

鲁迅

五月四日

二　书信面貌

鲁迅的书信，虽然不能说涵盖了他的所有书写形式，但所呈献的书法面貌体现出其独特的书风。

先看结字。明末清初书法家、诗人冯班在《钝吟书要》中说到书法，“先学间架，古人所谓结字也；间架既明，则学用笔。间架可看石碑，用笔非真迹不可。结字，晋人用理，唐人用法，宋人用意”。汉字中多形声字，一边是声音符号，另一边则象形，所以康有为称书法是“形学”。字迹笔画有长短、粗细、俯仰、缩伸的区分，偏旁有宽窄、高低、欹正的不同，这就形成汉字独特的结构形态，叫作结字或结体。不同的字体千变万化，但从审美角度看，总以得体、匀美为上。鲁迅书信墨迹中的许多字，结字宽博厚重，格调古雅，既取法篆隶，也有楷书面目，整体显得自然、适度。

继说笔法。鲁迅运笔，多顺锋而少露锋、提按；每字独立，少连带，且笔画厚重。晚年则用笔遒劲，古朴厚实。

再看章法。鲁迅书稿、书信、题诗等书法面貌各不相同，但整体上看其章法，前后上下呼应，萧疏自然。书信的书写则更为酣畅流利，从不刻意布局，但见自然流露，有畅所欲言的率真，从而呼应得体，章法气息自然。

最后说字体。鲁迅篆、隶、行、楷、草各体皆能，但除去特殊需要，一般很少以纯粹某一字体书写全文。他在写信时，既有习惯上的书法功底流露，也有注意格式、用笔之处，并非只顾及内容而不顾及书写面貌。鲁迅写字有章草、草书意味，故而简约，同时，他又将篆隶之意融汇于行书、草书之中。鲁迅抄录、临写过《禅国寺碑》《三体石经》等石刻，后来在一些设计中他曾加以应用，但在通信时除说明引用诸如印刷、封面设计等特别需要，一般不会书写篆书。“隶意书法”是鲁迅书法的一个特征，即具有隶书意味、以行书结体为主。鲁迅虽然临写、

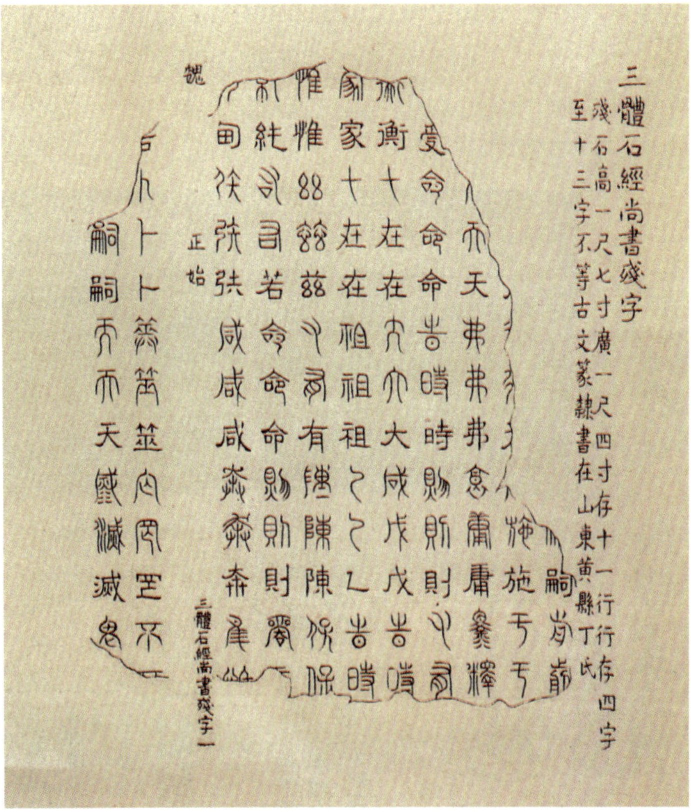

鲁迅早年摹写《三体石经尚书残字》手稿

抄校过《五凤刻石》《曹全碑》《群臣上酬刻石》等古碑，但在具体书写中很少用纯粹的隶书。鲁迅书法最基本的面貌是行书，包括行楷、行草，取隶书的横势，又取篆书的圆劲，再融以章草，从而形成自己的特点。这在鲁迅书信墨宝中是可以重点欣赏的。

三 评价

鲁迅作为一代文化巨擘，所留下的墨宝，除了内容上的精神力量，所蕴含的书法特性也构成了鲁迅研究、展示教育等的重要内容。

曾经与鲁迅有过交往的日本学者增田涉较早评价鲁迅书法，写有《鲁迅书法的风格》，认为“他（鲁迅）的字，我以为是从章草来的，因为这一流派，所以既不尖锐也不带刺，倒是拙朴、柔和的”，“从所写的字看来，他既没有霸气也没有才气，也不冷严”，“而是在真挚中有着朴实的稚拙味”。郭沫若在《〈鲁迅诗稿〉序》中说：“鲁迅先生无心作书家，所遗手迹，自成风格。融冶篆隶于一炉，听任心腕之交应，朴质而不拘挛，洒脱而有法度。远逾宋唐，直攀魏晋。世人宝之，非因人而贵也。”章廷谦（川岛）在《关于鲁迅手书司马相如〈大人赋〉》中说：“尽管鲁迅先生不自许为书法家，亦无心作书家，所遗字迹确都不难看。笔致娟秀，不媚不俗，就是好嘛。”有人将鲁迅书法评作“民国第一行书”，因为鲁迅对书法和线条有着天然的感悟，其墨迹自成风范。鲁迅行书取法自然，笔力沉雄，源于帖而出于碑，略带隶书意趣，简淡古雅，笔墨遒润，线条气韵内涵，章法萧疏自然。其书法个性乃同代书家所不具，民国书家能达此境界的不多，所以评为“第一”。

鲁迅对自己的书法也有认定：“别看我不是书家，但经常抄写古书，碑帖看多了，我写的字全无毛病。”鲁迅不是职业书法家，其存世的墨迹以稿件、书信为多，虽然也有书赠、应酬的大字条幅，但数量有限，更不卖字。总体说，鲁迅是学者、著作家、书者，墨宝应该归入文人书法和学者字迹。他在《汉文学史纲要》中说，中国文字具有三美——“意美以感心，一也；音美以感耳，二也；形美以感目，三也”。视觉艺术上的美，通过感目而感心，鲁迅的书法显然做到了这点。

鲁迅致许广平（1925年6月28日）

训词：

你们这些小姐们，只能逃回自己的窠里之后，这才想出方法来夸口；其实则胆小如芝麻（而且还是很小的芝麻），本领只在一齐逃走。为掩饰逃走起见，则云“想拿东西打人”，辄以“想”字妄加罗织，大发挥其杨家勃谿式手段。呜呼，“老师”之“前途”，而今而后，岂不“棘矣”也哉！

不吐而且游白塔寺，我虽然并未目睹，也不敢决其必无。但这日二时以后，我又喝烧酒六杯，蒲桃酒五碗，游白塔寺四趟，可惜你们都已逃散，没有看见了。若夫“居然睡倒，重又坐起”，则足见不屈之精神，尤足为万世师表。总之：我的言行，毫无错处，殊不亚于杨荫榆姊姊也。

又总之：端午这一天，我并没有醉，也未尝“想”打人；至于“哭泣”，乃是小姐们的专门学问，更与我不相干。特此训谕知之！

此后大抵近于讲义了。且夫天下之人，其实真发酒疯者，有几何哉，十之九是装出来的。但使人敢于装，或者也是酒的力量罢。然而世人之装醉发疯，大半又由于倚赖性，因为一切过失，可以归罪于醉，自己不负责任，所以虽醒而装起来。但我之计画，则仅在以拳击“某籍”小姐两名之拳骨而止，因为该两小姐们近来倚仗“太师母”之势力，日见跋扈，竟有欺侮“老师”之行为，倘不令其喊痛，殊不足以保架子而维教育也。然而“殃及池鱼”，竟使头罩绿纱及自称“不怕”之人们，亦一同逃出，如脱大难者然，岂不为我所笑？虽“再游白塔寺”，亦何能掩其“心上有杞天之虑”的狼狈情状哉。

今年中秋这一天，不知白塔寺可有庙会，如有，我仍当请客，但无则作罢，因为恐怕来客逃出之后，无处可游，扫却雅兴，令我抱歉之至。

“……者”是什么？

“老师”　六月二十八日

敢于嚣张，或者也是酒的力量之罪。然而世人之藉醉装疯，大半又由于倚赖性，因为一切过失，可以归罪于醉，自己不负责任，所以跟醒而装起来。但我之计画，则仅在以拳击「某籍」小姐两名之拳骨而止，因为该两小姐们近来倚仗「太师母」之势力，日见跋扈，竟有欺侮「老师」之行为，倘不令其喊痛，殊不足以保架子而维教育也。然而「殃及池鱼」，竟使头罩绿纱及自称「不怕」之人们，亦一同逃去，如脱大難者然，岂不为我所笑？虽「再游白塔寺」，亦何能掩其「心上有杞天之虑」的狼狈情状哉。今年中秋這一天，不知白塔寺可有庙會，如有，我们当请客，但无创作权，因为恐怕来客逃去之後，无处可游，归却难找，令我抱歉之至。

「……者」是什麼。

「老师」　六月二十八日

訓詞：

你们這些小姐们，只能逃回自己的窠裏之後，這纔想出方法来夸口；其实则膽小如芝麻（而且還是很小的芝麻），本領只在一齊逃走。為掩飾逃走起見，則云「想拿東西打人」，輒以「想」字妄加羅織，大發揮其楊家勃谿式手段。嗚呼，「老師」之「前途」，岌岌乎，豈不「殆矣」也哉！

不吐而且罵白塔寺，我雖並未目覩，也不敢決其必無。但這已在二時以後，我又喝燒酒六杯，蒲桃酒五碗，從白塔寺回來，可惜你们都已逃散，沒有看見了。若夫「居然睡倒，重又坐起」，則足見不屈之精神，尤足為萬世師表。總之：我的言行，毫無錯處，殊不亞于楊蔭榆姊姊也。

又總之：端午這一天，我並沒有醉，也未嘗「想打人」；至于「哭泣」，乃是小姐们的專门学问，更與我不相干。特此訓諭知之！

景宋"女士"學席：程門
飛雪，貽誤多時，愧循循之無方，幸
駭才之易教，而乃年屆結束，南北東西，
雖尺素之能通，或
下問之不易，言念及此，不禁淚下。四條吾
生倘能教茲愚劣，使師得備薄餅，十月十六日
午十二時假宮門口西三條胡同二十一號周宅
一敘，俾罄愚誠，不勝厚幸！順頌
時綏

師 魯迅 謹訂
十月十五日早

鲁迅致许广平（1926年8月15日）

景宋“女士”学席：

程门飞雪，贻误多时。愧循循之无方，幸骏才之易教。而乃年届结束，南北东西；虽尺素之能通，或下问之不易。言念及此，不禁泪下四条。吾生倘能赦兹愚劣，使师得备薄馔，于月十六日午十二时，假宫门口西三条胡同二十一号周宅一叙，俾罄愚诚，不胜厚幸！顺颂

时绥。

师鲁迅　谨订　八月十五日早

此信未收入《两地书》，据许广平回忆，可能当年编辑时散落在他处，未来得及检出。后来被发现，即编入了1946年出版的《鲁迅书简》。这是一封回请帖子。事情原委，是北平女子师范大学风潮中被开除的学生，经师长马裕藻、沈尹默、许寿裳及鲁迅等的帮助和社会呼吁，终被恢复学籍，完成学业。为表敬意，学生们在某饭店略备酒馔，推出许广平等三人具名肃帖，邀请老师。聚后，许寿裳和鲁迅分别回请，这即是鲁迅给许广平的“信”。体裁是模仿许广平的上一封请帖，即“来信”，格式自然是古板的，但事情是轻松欢愉的，既复学又毕业，所以鲁迅信手写来，字体也是别具一格，碑味、隶意、行书，“乃”的俏皮，令人想起他题赠内山完造五言诗轴“廿年居上海”。

萬枝、
博香
雪又梅

鲁迅藏笺

無情未必真豪傑憐子如何不丈
夫知否興風狂嘯者回眸時看小
於菟

一　雅意与推助

鲁迅擅长书面语言交流，与友朋联系多用信件，这也是当时大部分文人所用的交流方式，只是频率多寡、笔勤程度不一罢了。而鲁迅在这方面当然是非常勤勉的，他把写信这件事，还同时看作一种文人创意、文人礼仪，他的书写、具名、用章，处处透着浓浓的书卷气和雅意。

鲁迅对于信纸的选择是十分讲究的，这种讲究，不是刻意要显示什么，而是对于传统文化发自内心的特殊爱好——对笺纸笺谱的钟爱。这种喜好，是和他自幼接受的传统文化教育分不开的，也是和他对古代书籍插图、古代雕刻、汉代画像砖石等的兴趣一脉相承的。其着眼点不在于实用的改善，而是基于文化遗产的保护、美意识的传承。这也体现了鲁迅的远见卓识和文艺观。

鲁迅是现代新兴木刻版画的倡导者。当时，革命的文艺宣传困难重重，物质条件十分匮乏，而木刻版画以刀代笔，简洁明快，表现力强，且可以直接印刷，十分适合宣传的需要，故被广泛地采用。对于版画创作，鲁迅主张择取中外遗产，推陈出新。他在《论“旧形式的采用”》一文说：“唐以前的真迹，我们无从目睹了，但还能知道大抵以故事为题材，这是可以取法的；在唐，可取佛画的灿烂，线画的空实和明快，宋的院画，萎靡柔媚之处当舍，周密不苟之处是可取的，米点山水，则毫无用处。后来的写意画（文人画）有无用处，我此刻不敢确说，恐怕也许还有可用之点的罢。这些采取，并非断片的古董的杂陈，必须溶化于新作品中……”具体到版画，鲁迅认为，“倘参酌汉代的石刻画像，明清的书籍插图，并且留心民间所赏玩的所谓‘年画’，和欧洲的新法融合起来，也许能够创出一种更好的版画”。鲁迅在指导版画创作时，建议由古法取经，从中西两方面汲取营养，这和他追求艺术美感，在书

明刊《萝轩变古笺谱》之一页

《萝轩变古笺谱》系目前发现存世最早的笺谱，明代颜继祖辑稿，吴发祥主持镌印，天启六年（1626）刊于金陵（今江苏南京），收178笺纸幅，分上、下册。日本美术史学者大村西崖藏有下册残卷，曾于1923年影印发行，误认为清康熙刻本。郑振铎在与鲁迅编印古法笺谱时也多次提到该部名作。1962年，嘉兴文化部门征集到全本原刊《萝轩变古笺谱》，后以文物交换调拨方式入藏上海博物馆，为存世全帙孤本。

籍插图、装帧等设计方面的鉴赏修养密切相关。

中国传统版画，除了书籍插图、民间年画和其他启蒙、民俗用品外，文人书信、诗咏、鉴赏所用的笺纸笺谱也是重要的一项内容。鲁迅除了收藏研究外国现代版画，也青睐中国传统版画中的笺纸笺谱。他自己写信，常常用带有木刻水印图案的花笺，还与郑振铎一起编印了著名的《北平笺谱》，重刊了《十竹斋笺谱》。笺纸笺谱虽然表面看去和新兴版画似乎不相及，但它以绘刻、印刷方面的精湛，足以提供线描笔法、刊刻刀法等方面的欣赏和参考。

笺纸，用于写信、题诗。它体现了中国传统文化中造纸、书画、雕版、印刷等技术和工艺美术方面的巨大成就，也体现了艺术创作、收藏鉴赏、交流雅集等文化生活的丰富内涵。其中，造纸与雕版印刷曾被列入中国古代“四大发明”，是中国对世界文明的巨大贡献；字画中的笔墨情趣又是中国独特的文化艺术。所以，集上述要素于一身的笺纸虽然小众，文化辐射面却很广。笺谱，则是笺纸的专辑，主要用于欣赏，是文人情怀的一种体现。

对于鲁迅而言，笺纸、笺谱既传统又现代，既古雅亦趋时。

二　集藏与编研

鲁迅接触到的信件，最初是家信。比如十几岁时，接到祖父寄自杭州的家信，其中有一篇教导鲁迅兄弟读诗的文字，写在一张印有“东篱秋色”几个字的笺纸上，这给爱好美术的鲁迅留下了深刻的印象。目前所见鲁迅最初使用笺纸的信件，是1911年7月31日致许寿裳的信，所用的纸上有单色木版水印的竹石、人物等图案。1912年，鲁迅随教育部由南京迁至北京工作，从此成了琉璃厂古物街的常客。据《鲁迅日记》统计，在1912年至1926年的十四年间，鲁迅曾到琉璃厂四百八十余次，购物三千余件，其中就有不少笺纸；但这些笺纸的印制都比较简单，价钱也比较便宜，通常为单色八行笺。

鲁迅自1927年定居上海后，与亲友的书信往来增多。这时期他写信用的信纸，主要是“就地取材”，买上海、杭州等地印制的花笺。这类笺纸大多以单色双钩线描绘制，线条清晰，但缺乏韵致，题材、样式也比较单调。于是，鲁迅就趁短暂的北平之旅，专门搜集笺纸。1929年去北平的二十天里，鲁迅两次到访琉璃厂：5月23日那天午后，“从静文斋、宝晋斋、淳菁阁蒐罗信笺数十种，共泉七元”；5月28日午后，又“往松古斋及清閟阁买信笺五种，共泉四元”。对于这次访笺的结果，鲁迅在5月23日致许广平的信中说：“走了三家纸铺，搜得中国纸的印笺数十种，花钱约七元，也并无什么妙品，如此信所用这一种，要算是很漂亮的了。还有两三家未去，便中当再去走一趟，大约再用四五元，即将琉璃厂略佳之笺收备矣。”可见，只是“略佳”而已。相比之下，1932年11月那次去北平，应该算是不虚此行了。这是鲁迅最后一次去北平，其间又两次往返琉璃厂搜集笺纸：11月23日，“往留黎厂买信笺四合”；25日，“至松古斋买纸三百枚，九角”。他在次年2月5日致郑振铎的信中说：“去年冬季回北平，在留黎厂得了一点笺纸，觉得画家与刻印之法，已比《文美斋笺谱》时代更佳，譬如陈师曾、齐白石所作诸笺，其刻印之法，已在日本木刻专家之上……”这次访笺经历，使鲁迅萌生了搜集笺纸、刻印笺谱的想法，而郑振铎更是古版画的热切收藏者、研究家，经过他们二位的不懈努力，终于在1934年初编印出版了《北平笺谱》。

因此，要说“鲁迅藏笺”这个话题，先必须明白，鲁迅本意并非在于“藏”，起意应该是“编”，是出版，以此留得古法火种，也就是今日称之为“非遗”（非物质文化遗产）的技艺，并借此推助新兴版画的创作。在现存鲁迅致郑振铎的五十八封书信中，绝大部分内容都与笺纸有关。而据现存鲁迅书信统计，鲁迅使用笺纸书写的信件约四百封，大致为一百七十种、五百六十张笺纸。鲁迅与郑振铎的这段交往，源自对于文学史、书籍插图和古版画的探索。郑振铎很早便开始了文学史的探究，他将过去不受重视的唐五代变文、宋元戏文与诸宫调、元明讲史与散曲、明清短剧与民歌，及宝卷、弹词、鼓词等写进了文学史，颇有新意。其所著插图本《中国文学史》自1932年12月出版以后，广受欢迎，郑振铎也寄赠了鲁迅一部。后来，鲁迅在给曹靖华的信里对此书加以推荐：“至于史，则我以为可看（一）谢无量：《中国大文学史》，（二）郑振铎：插图本《中国文学史》……” 正是鲁迅收到该书后，才有上面所述1933年2月5日致郑振铎的回信，信中写道：“因思倘有人自备佳纸，向各纸铺择尤对于各派各印数十至一百幅，纸为书叶形，采色亦须更加浓厚，上加序目，订成一书，或先约同人，或成后售之好事，实不独为文房清玩，亦中国木刻史上之一大纪念耳……不知先生有意于此否？因在地域上，实为最便。”此前，鲁迅已于1931年举办暑期木刻讲习班，通过内山完造邀请到来沪度假的内山佳吉讲授木刻技法；他又编辑出版中外木刻资料，指导木刻青年们的创作……应该说，凡是和木刻有关的事情，他皆着力去做。郑振铎的“插图本”文学史新著，其插图部分多用古代木刻佳作，这正合鲁迅心意，认为郑君应该是合适编辑笺谱的不二人选。特别要说明的是，鲁迅这封致郑振铎述及北平之行访笺的信，正是书写在从琉璃厂纸铺购得的笺纸之上。其中一帧

《北平笺谱》封面，由沈兼士题签

《北平笺谱》扉页，由沈尹默题写书名

后来收入《北平笺谱》第六册，画面是当时著名画家吴待秋所作的“冷艳”，画的是一株曲折怒放的红梅，由淳菁阁雕版印制。

鲁迅、郑振铎为编印笺谱一事而会面、通信，反复商量，从选笺评鉴，到镌印、装订、题签、发行、定价、宣传、赠送等诸多环节，涉及笺谱名称、印纸选择、目录写法、笺页大小，甚至页码色泽，等等，事无巨细，均一一筹划并亲自监制。这样的名家大师联手，自然确保了《北平笺谱》品质的精良。这部收录三百四十幅画面的笺谱于1934年初一经面世，立刻大获好评。首印一百部，每部均有鲁迅和郑振铎二人亲笔签名。其中鲁迅自订二十部，郑振铎订十部，内山书店经售二十部，另外五十部预约发售。售价为十二元，虽然昂贵，但销路颇好，这正应了鲁迅致郑振铎信中的话“此书有历史性”。鲁迅还说：“《北平笺谱》如此迅速的成为‘新董’，真为始料所不及。”“此番成绩，颇在预想之上。”

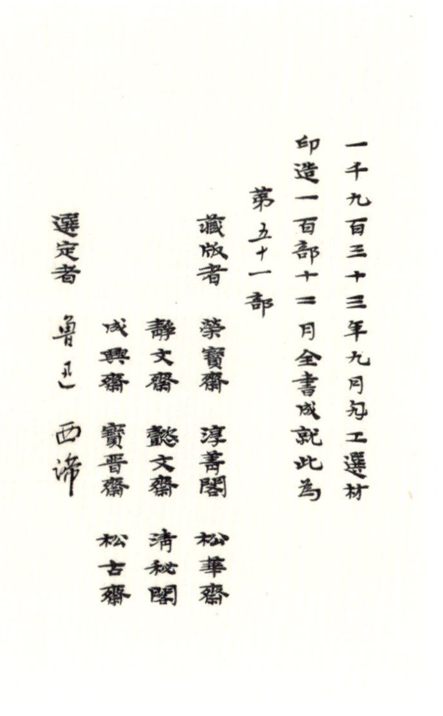

一千九百三十三年九月鸠工選材
印造一百部十二月全書成就此為
第五十一部
藏版者 榮寶齋 淳菁閣 松華齋
靜文齋 懿文齋 清秘閣
成興齋 寶晉齋 松古齋
選定者 魯迅 西諦

《北平笺谱》首印第51部末页编号

《北平笺谱》首印100部，末页在装订前先由鲁迅和郑振铎（西谛）分别亲笔签名、编号；并注明所采用的笺纸均出自琉璃厂荣宝斋等数家南纸名号

郑振铎于1934年3月6日由北平寄给鲁迅的挂号信所附账目今仍存世，鲁迅日记中有“得西谛信”，及回信“五日信并账目均收到”记录，可惜“五日信”已佚。所存账目颇为详细，包括成本细目、收入，虽然账面上有所盈余，实际二人自己买了一部分赠友人，平摊下来，每人所得仅53.3648元。（张杰编著《鲁迅藏同时代人书信》第428页，大象出版社2011年版）并且，由于《北平笺谱》的成功，促使他们萌生了出资翻印明代制笺名品《十竹斋笺谱》想法，鲁迅又把五十余元的盈利投了进去。但《十竹斋笺谱》不似《北平笺谱》那样的搜集版片，整理后重印，而是照了明刊本重新翻刻，极其费工、费时。鲁迅生前仅看到第一本出来，待全部完成，已经是1941年，前后耗时七年，郑振铎在战时克服了种种困难，终于实现了鲁迅生前“复活一部旧书”的夙愿。

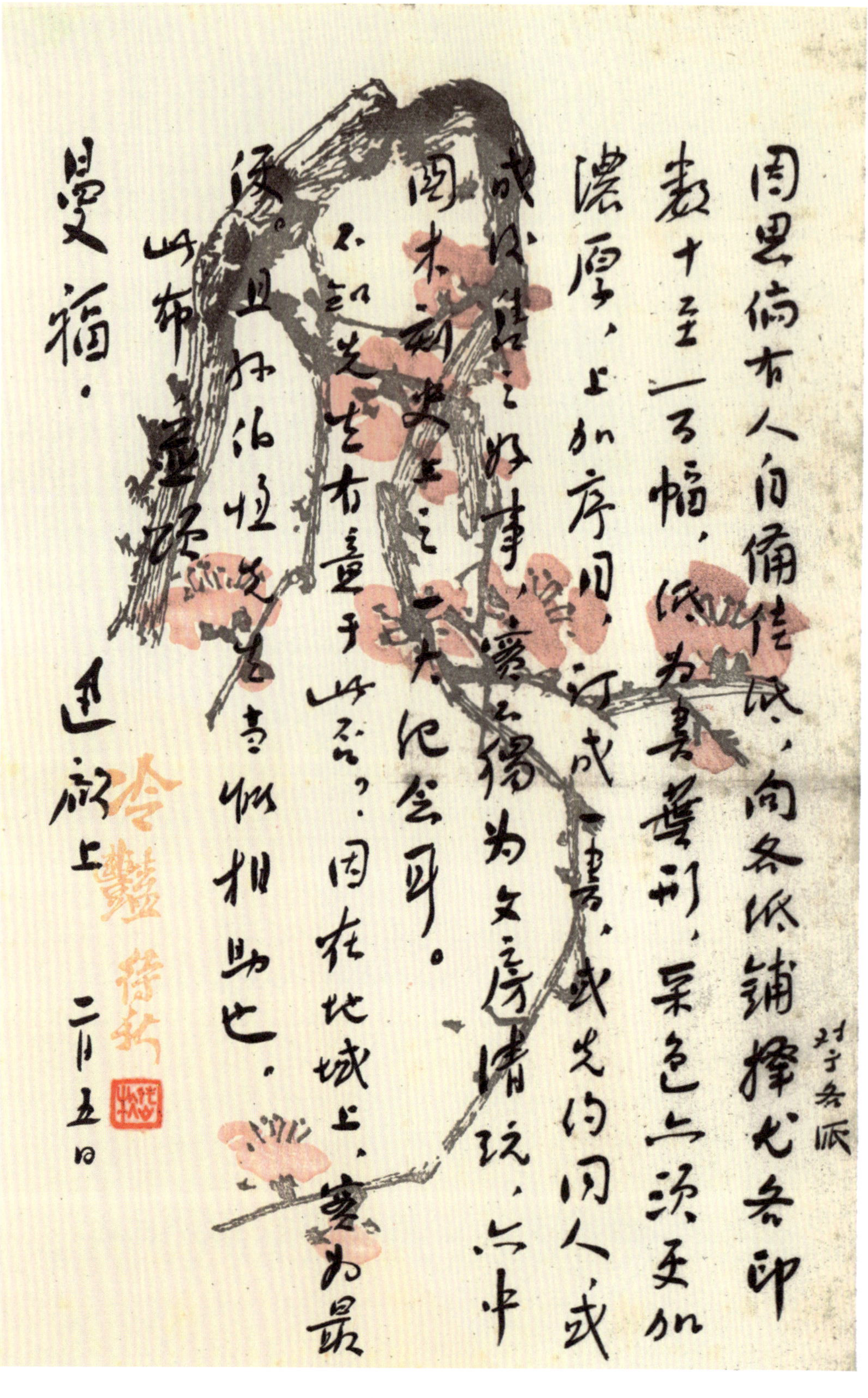

因思倘有人自備佳紙，向各紙鋪擇尤各印
对于各派
數十至一百幅，紙為書葉形，采色亦須更加
濃厚，上加序目，訂成一書，或先約同人，或
成此佳話之好事，實不獨為文房清玩，亦中
國木刻史上之一大紀念耳。
不知先生有意于此否？因在北城上，實為最
適。且能作恒久之書紙相助也。
此布，並頌
曼福。
迅 頓上
二月五日

西谛先生：

昨由峰兄转到惠赠之中国文学史三本，谢谢！去年冬季回北平，在留黎厂得了一点笺纸，觉得画家与刻印之法，已比文美斋笺谱时代更佳，譬如陈师曾齐白石所作诸笺，其刻印法已在日本木刻专家之上，但此事恐不久也将销沈了。

鲁迅致郑振铎（1933年2月5日）

西谛先生：

昨乔峰交到惠赠之《中国文学史》三本，谢谢！

去年冬季回北平，在留黎厂得了一点笺纸，觉得画家与刻印之法，已比《文美斋笺谱》时代更佳，譬如陈师曾齐白石所作诸笺，其刻印法已在日本木刻专家之上，但此事恐不久也将销沈了。

因思倘有人自备佳纸，向各纸铺择尤（对于各派）各印数十至一百幅，纸为书叶形，采色亦须更加浓厚，上加序目，订成一书，或先约同人，或成后售之好事，实不独为文房清玩，亦中国木刻史上之一大纪念耳。

不知先生有意于此否？因在地域上，实为最便，且孙伯恒先生当能相助也。

此布，并颂

曼福。

迅　启上

二月五日

这封信由鲁迅通过三弟周建人（乔峰）受赠郑振铎插图本《中国文学史》，作为答谢，而引发鲁迅和郑振铎直接谈编印笺谱的设想，最终促成《北平笺谱》问世。有意义的是，这封信本身就写在琉璃厂购得的两枚笺纸上，其中一幅的图案是吴待秋画梅，题作“冷艳”，后被选入《北平笺谱》。

《北平笺谱》第六册之“花卉笺·冷艳”

吴待秋绘，张启和刻，淳菁阁出品

《北平笺谱》第一册之“古彝器笺·四耳敦”

可盦题，张启和刻，静文斋出品，图上附有铭文

《北平笺谱》第二册之“人物笺 · 种梅图”

“扬州八怪”之一黄慎原作，宋人刘翰《种梅》诗意“自锄明月种梅花”。全诗为：“凄凉池馆欲栖鸦，采笔无心赋落霞。惆怅后庭风味薄，自锄明月种梅花。”此笺为张东山镌刻，清秘阁出品

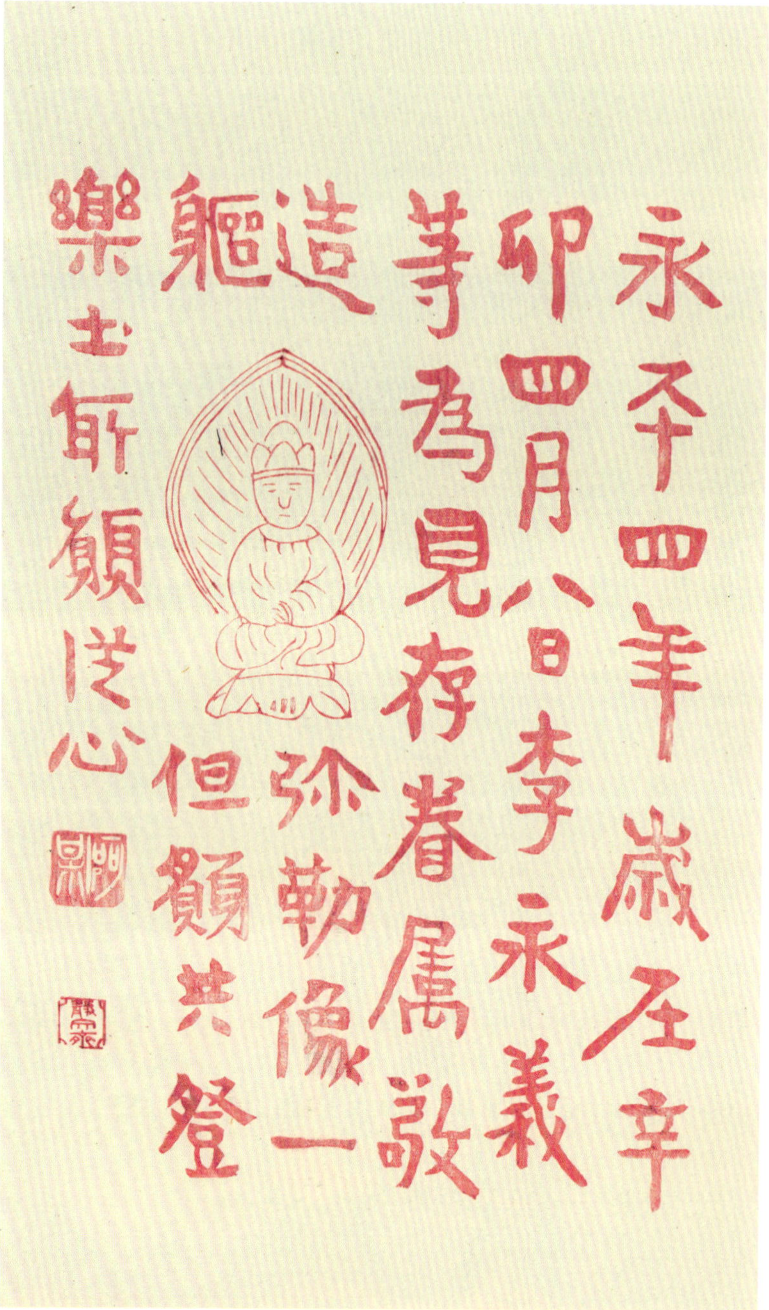

《北平笺谱》第三册之“罗汉笺”

李瑞清原作，绘汉弥勒像并录发愿文。李瑞清（1867—1920），字仲麟，号梅庵、阿梅，晚号清道人、玉梅花庵主，民国著名书画家。此笺为杨华庭镌刻，静文斋出品

《北平笺谱》第四册之“花果笺”

陈师曾原作。陈师曾（1876—1923），原名衡恪，字师曾，号朽道人、槐堂，美术教育家。此笺为张启和镌刻，淳菁阁出品

《北平笺谱》第五册之“花果笺”

齐璜（白石）原作，此笺为李振怀镌刻，荣宝斋出品

《北平笺谱》第六册之“癸酉笺”

齐璜（白石）原作，李振怀镌刻，荣宝斋出品。《北平笺谱》于1934年（狗年）初问世，而此为齐白石画于1933年（鸡年）的作品，岁当癸酉，鸡年画鸡，系《北平笺谱》最后的几幅压轴之一

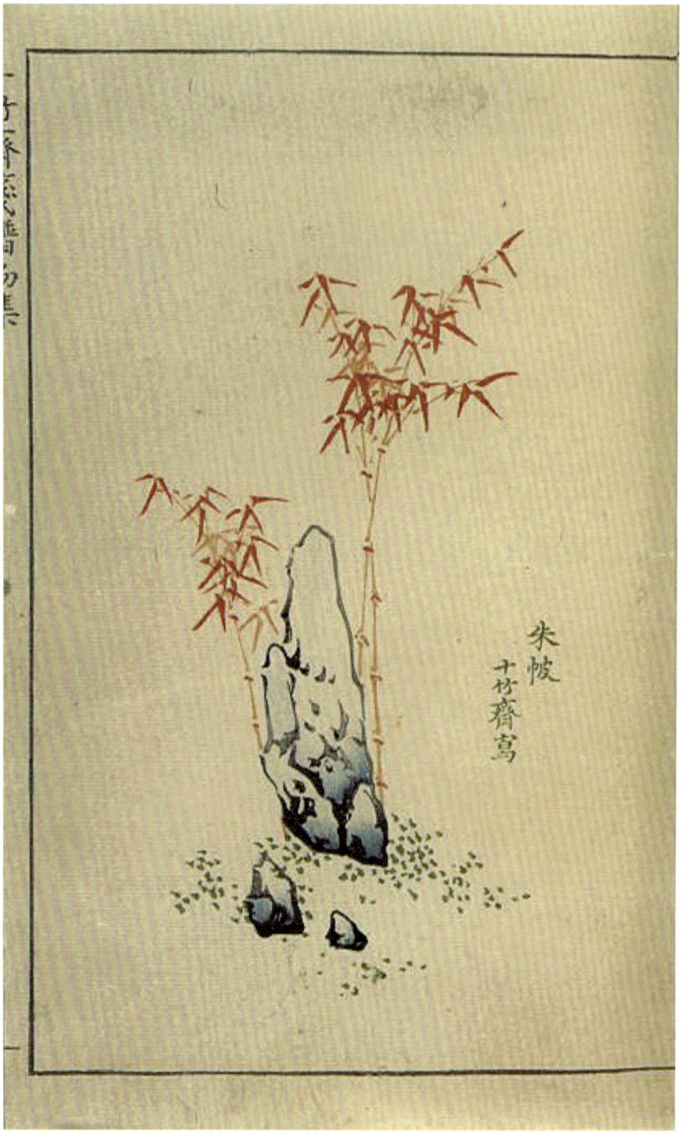

明天启刻本《十竹斋笺谱》之“入林 · 朱帔”

此为上海博物馆藏明刊原版《十竹斋笺谱》之一页。《十竹斋笺谱》运用了饾版、拱花等雕版印刷工艺，代表了明代木刻版画的最高艺术成就。明胡正言辑印，共四卷，分“清供”“华石”“博古”“画诗”“胜览”“凤子”“孺慕”“棣华”“闺则”“灵瑞”“香雪”等类

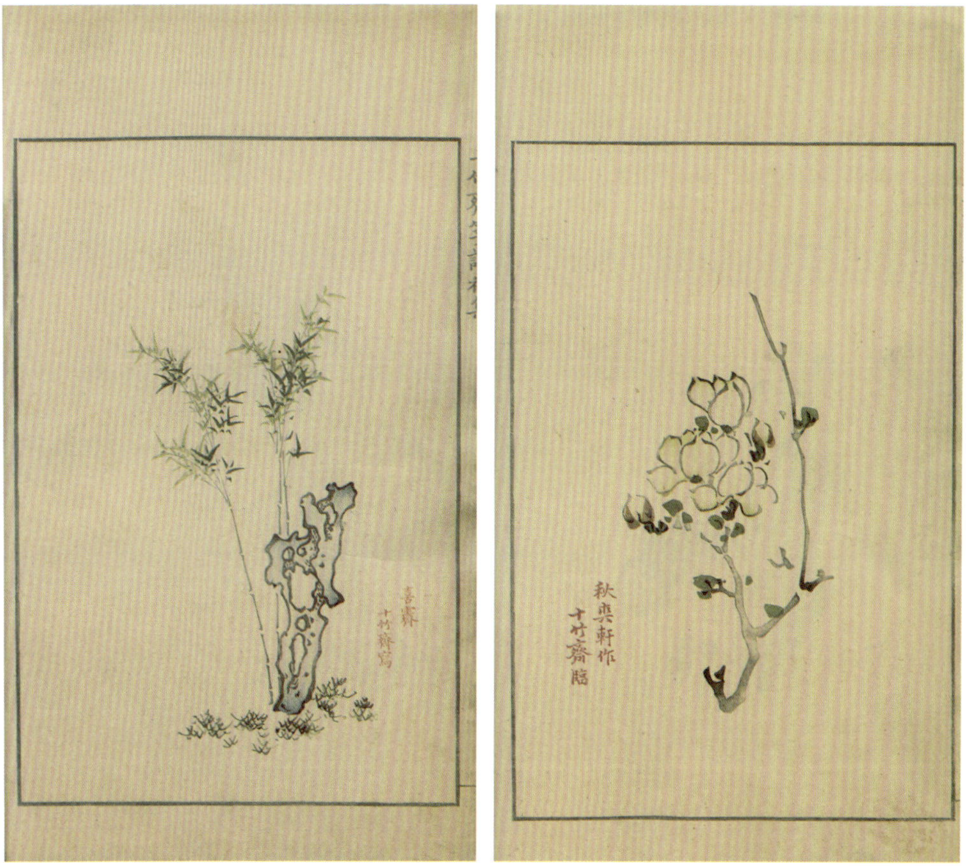

明天启刻本《十竹斋笺谱》之“入林·喜霁”与“写生”选页

鲁迅、郑振铎《十竹斋笺谱》翻刻本卷一“清供”选页

鲁迅、郑振铎《十竹斋笺谱》翻刻本卷一“奇石”选页

郑振铎曾说：“余收集版画书二十年，于梦寐中所不能忘者，惟彩色本程君房《墨苑》、胡曰从《十竹斋笺谱》及初印本《十竹斋画谱》。”1933年，他将借来的明刊《十竹斋笺谱》给鲁迅看，鲁迅赞赏不已，说：“如先生觉其刻本尚不走样，我以为可以进行，无论如何，总可以复活一部旧书也。”又在致田增涉的信中写道：“北平雕工、印工现剩下三四人，大部陷入可怜的境遇中，该班人一死，这套技术也就完了。”经过艰苦的抢救，在鲁迅生前翻刻成功了该谱第一卷，全帙四卷则在1941年完成。

鲁迅在信中曾多次提及《文美斋笺谱》。《文美斋笺谱》又称《文美斋诗笺谱》或《百花诗笺谱》，此为其中一页

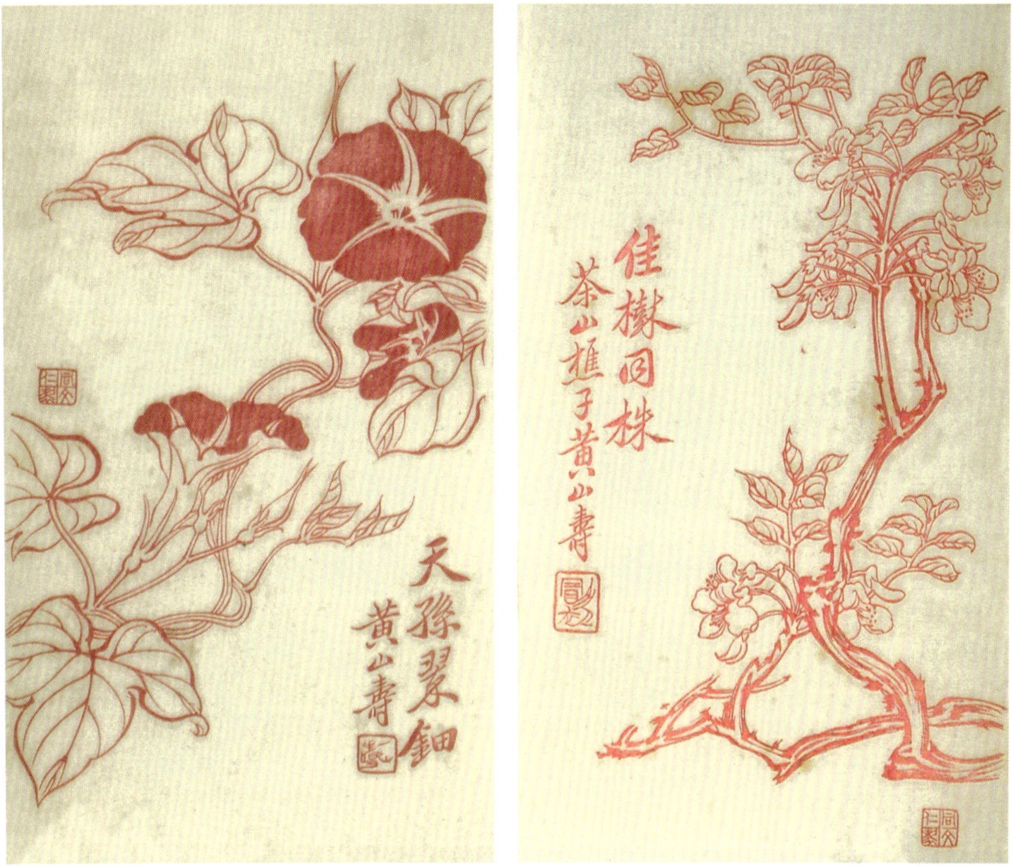

清光绪天津同文仁南纸书局刊《黄山寿先生百花诗笺》选页

此本笺谱以黄山寿白描花卉为图案，以洋红色印制。黄山寿（1855—1919），字旭初，别字旭道人，江苏武进人，晚清名画家，尤擅人物、花卉画。这部笺谱也是清末民国初少量佳制之一。

三　使用和寓意

鲁迅在上海生活近十年，他相信传统的东西还是北京多，但毕竟当时生活在上海，所以他的书信用笺有采自北京南纸店的，也有在上海采购的本地商号营销的笺纸。从目前留存的空白笺纸看，既有《北平笺谱》编外所余琉璃厂各纸铺的刻印产品，也有上海九华堂笺扇庄的产品。

在北方称作“南纸店”的文化用品铺子，在上海叫作“笺扇庄”，兴起于晚清，并在民国初期至抗战前得到显著发展。它是书画市场、装裱、文具、印刷、文化礼品等的集合体，经营品种里包括书画用纸、笺纸。九华堂笺扇庄是老字号，光绪间开业广告中，写明其经营范围“本号专办各省名笺藏纸、帐簿简帖、苏杭各种雅扇、广东葵叶、关东雕翎毛扇，专制漂净颜料、青赤泥金、围屏、进呈绛丝、寿幛、名人书画、缋锦裱对，专备东洋印色、湖笔徽墨，一应俱全，荷蒙赏鉴者请至上海抛球场南二马路中市，认明九华堂招牌，庶不致误”。后来分为裕记、宝记两家。九华堂宝记开业广告说：“该号创自清光绪十三年（1887），由黄、钟两姓合开，黄姓任经理，是日起黄氏另加‘宝’字为记，拓裱名人书画卷册，精拓真迹，对联、屏幅及翁相国福寿绫裱中堂，以及送礼帏联等。”

19世纪80年代后，上海四马路（今福州路）逐渐成为商业娱乐中心，集中了经营出版、文具、艺术品的店铺，形成了著名的文化街。当时形容四马路笺扇庄情形的竹枝词说：“名人书画两旁张，团扇高悬折扇藏。五色笺纸添十景，开堂多半是苏杭。”九华堂所在即是处于四马路文化街的热闹地段。

鲁迅日记、书信中有数次提到九华堂：1931年4月19日，为增田涉买《板桥道情墨迹》和九华堂信笺；20日上午，以信笺八十枚寄徐梵澄；10月3日，收到许广平托张维汉在广州所购信笺，系上海九华堂制品；1934年4月12日，致陈烟桥信中谈出版木刻刊物事，建议用九华堂纸印刷；1935年2月某日，往九华堂买四尺单宣三百张；5月某晚，往九华堂买次单宣三十五张、抄更纸十六刀。鲁迅虽然欣赏北京琉璃厂的笺纸，但因身居沪上，故常以九华堂出品花笺赠送日本友人，也在店中购买其他品种的纸张。从鲁迅遗留笺纸看，九华堂的出品确实不错。

鲁迅遗存“九华堂宝记”空白笺纸中，无论没骨样式的折枝红梅、牡丹、芭蕉、寿桃或白描菊花，其技法、刻印与《北平笺谱》所收有异曲同工之妙。其他山水景致，亦笔法老到，镌刻精工，简洁而意味隽永，与明刊《唐诗画谱》或清刊《芥子园画谱》相比也不见得逊色多少。在鲁迅书信所用笺纸中，多有九华堂的印制，如1932年9月20日致郑伯奇信。

鲁迅书信用笺，有时有所选择，富有含义，虽然他不在这方面花费很多的功夫。在特殊的时候，例如1929年5月15日，在北京探望母亲的鲁迅，给在上海已经怀孕的许广平去信，就特意用了两张带有彩色图案的笺纸，上面分别画着枇杷和莲蓬；枇杷有三只，两大一小，莲蓬有两只，其中一只饱含莲子。许广平收到信件，异常惊喜，在5月21日回信中说：“打开信来，首先看见的自然是那三个通红的枇杷。这是我所喜欢的东西……其次是那两个莲蓬，并题着的几句，都很好，我也读熟了。你是十分精细的，那两张纸必不是随手捡起就用的。”对此，鲁迅5月27日回信说：“我十五日信所选的两张笺纸，确也有一点意思的，大略如你所推测。莲蓬中有莲子，尤其我所以取用的原因。但后来各笺，也并非幅幅含有义理，小刺猬不要求之过深，以致神经过敏为要。”

总之，鲁迅访笺、藏笺、用笺，体现了他对传统文化的钟爱；而新编笺谱的具体目的，“实不独为文房清玩，亦中国木刻史上之一大纪念耳”。当时“新的文化既幼稚，又受压迫，难以发达；旧的又只受着官私两方的漠视、摧毁，近来我真觉得文艺界会变成白地”，故而想“由个人留一点东西给好事者及后人”。

同来呢。我虽然有点不舒服。其实我在車上曾想過，這種震動法，
于乖姑是不相宜的。但母親就近来的見聞，似很寂寞，她總是同我
談八道灣，這于我是毫無関心的，所以我也不想多說我們的事，因
為恐怕于她也不見得有什麼興趣。平常似常常有客来往，多至四五個
月，連我的日記本子也都打開過了，這非常可惡，大約是姓車的男人
所為。他的女人，廿六七又要来了，那自然，這就使我不能多住。
不過這種情形，我倒並不氣，也不高興，久說必須回家趟，現在是回
来了，了卻一件事，總是好的。此刻是十二点，卻很静，和上海大不相同。
我不知乖姑睡了没有？我覺得她一定還未睡着，以為我正在大談三
年来的經歷了。其實並未大談，我現在只望乖姑要乖，保養自己，
我也當平心和氣，渡過豫定的時光，不使小刺猬憂慮。
今天就這樣罷，下回再談。

五月十五夜

乖姑！小刺蝟！

在滬寧車上，總算得了一個坐位；渡江上了平浦通車，也居然定着一張臥牀。這就好了。吃過一回車的夜飯，十一點睡覺，從此一直睡到第二天十二點鐘，醒來時，不但已出江蘇境，並且通過了安徽界蚌埠，到山東界了。不知這刺蝟可仍如此大睡，我怕她鼻子凍冷，不能這樣。

車上和渡江的船上，遇見許多熟人，如馬幼漁的兒子，齊壽山的朋友，未名社的一影；還有幾個同人，說是我的學生，但我不識他們了。那末，我的到北平，昨今兩日，必已為許多人所知道。

今天午後到家，一切大抵如舊，因為正值妙峯山香市，所以倒並不冷靜。三年未見的女庸。下午發一電，我想倘快，則十六日下午可達上海了。

家裏一切如舊，母親精神形貌仍如三年前，她說，害馬為什麼不

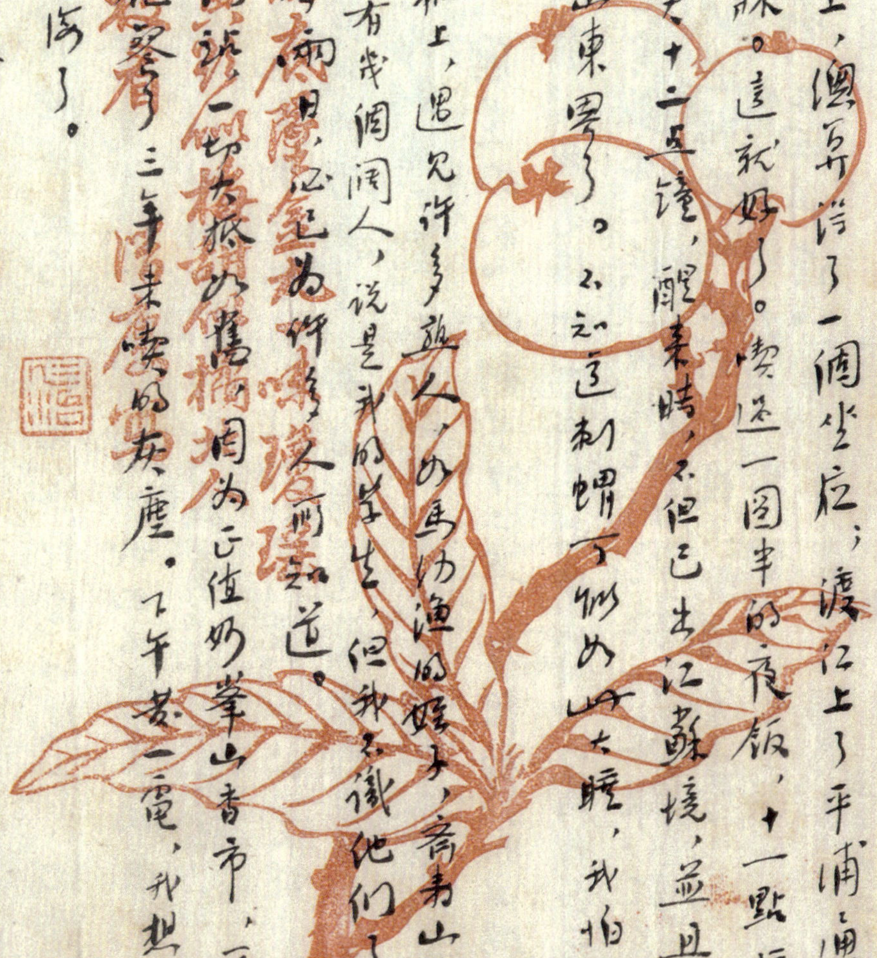

鲁迅致许广平（1929年5月15日）

乖姑！小刺猬！

在沪宁车上，总算得了一个坐位；渡江上了平浦通车，也居然定着一张卧床。这就好了。吃过一圆半的夜饭，十一点睡觉，从此一直睡到第二天十二点钟，醒来时，不但已出江苏境，并且通过了安徽界蚌埠，到山东界了。不知道刺猬可能如此大睡，我怕她鼻子冻冷，不能这样。

车上和渡江的船上，遇见许多熟人，如马幼渔的侄子，齐寿山的朋友，未名社的一个，还有几个阔人，说是我的学生，但我不识他们了。那么，我的到北平，昨今两日，必已为许多人所知道。

今天午后到前门站，一切大抵如旧，因为正值妙峰山香市，所以倒并不冷静。正大风，饱餐了三年未吃的灰尘。下午发一电，我想，倘快，则十六日下午可达上海了。

家里一切如旧，母亲精神形貌仍如三年前，她说，害马为什么不同来呢？我答以有点不舒服。其实我在车上曾想过，这种震动法，于乖姑是不相宜的。但母亲近来的见闻范围似很窄，她总是同我谈八道湾，这于我是毫无关心的，所以我也不想多说我们的事，因为恐怕于她也不见得有什么兴趣。平常似常常有客来住，多至四五个月，连我的日记本子也都打开过了，这非常可恶，大约是姓车的男人所为。他的女人，廿六七又要来了，那自然，这就使我不能多住。

不过这种情形，我倒并不气，也不高兴，久说必须回家一趟，现在是回来了，了却一件事，总是好的。此刻是十二点，却很静，和上海大不相同。我不知乖姑睡了没有？我觉得她一定还未睡着，以为我正在大谈三年来的经历了。其实并未大谈，我现在只望乖姑要乖，保养自己，我也当平心和气，渡过豫定的时光，不使小刺猬忧虑。

今天就是这样罢，下回再谈。

EL　五月十五夜

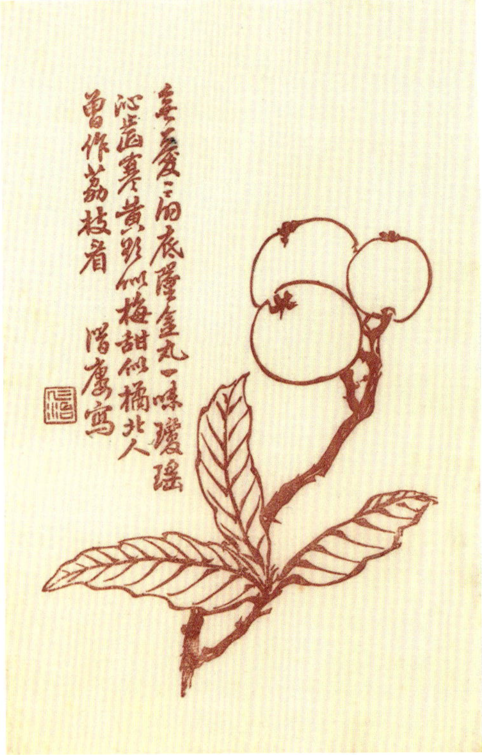
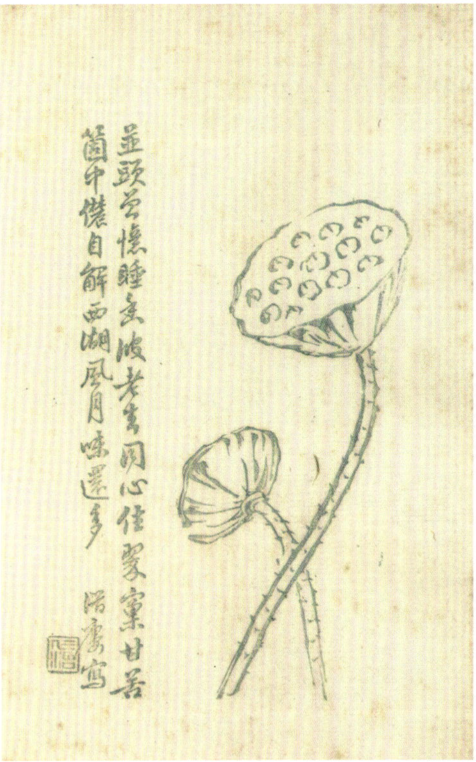

王仁治所绘“蔬果笺·枇杷”“蔬果笺·莲蓬”

这便是那封著名的信。鲁迅赴北平探亲，许广平有孕在身未同行，这也是二人共同生活三年来首次小别。鲁迅惦念她，称呼不再是“广平兄”了，而是昵称“小刺猬”，自称“小白象”——落署一只类似远古岩画的小象。不过，在收入《两地书》发表时，称呼改作H.M.D.（“害马”拼音和英文Dear的缩写），署名也是“大象”（EL）了。尤可注意的，是用了两张有所寓意的笺纸。前一枚画的是许广平爱吃的夏令小果枇杷，笺图题诗：“无忧扇底坠金丸，一味琼瑶沁齿寒。黄欲似梅甜似橘，北人曾作荔枝看。”第二枚莲蓬笺题：“并头曾忆睡香波，老去同心住翠窠。甘苦个中侬自解，西湖风月味还多。”两幅画均是清光绪年间杭州画家王仁治（字潜楼，号冷公）所绘。

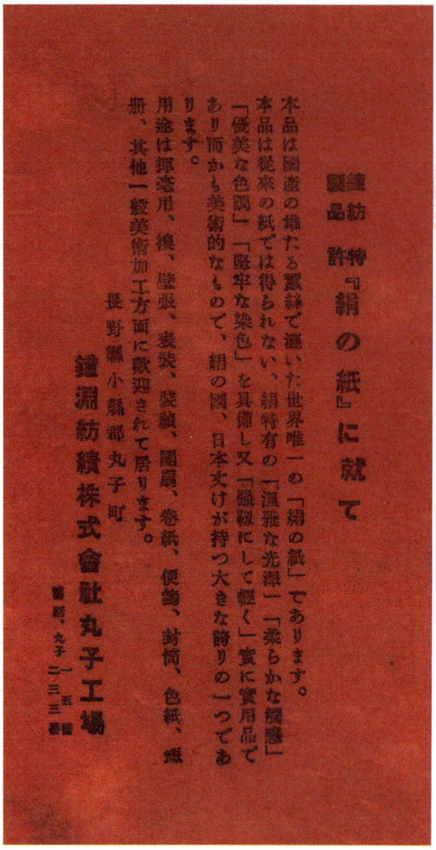
鐘紡製品 特許『絹の紙』に就て

本品は國產の粋たる蠶絲で漉いた世界唯一の「絹の紙」であります。

本品は從來の紙では得られない、絹特有の「温雅な光澤」「柔らかな觸感」「優美な色調」「堅牢な染色」を具備し又「強靭にして輕く」實に實用品であり而かも美術的なもので、絹の國、日本丈けが持つ大きな誇りの一つであります。

用途は揮毫用、襖、壁張、表装、装幀、團扇、巻紙、便箋、封筒、色紙、短冊、其他一般美術加工方面に歡迎されて居ります。

長野縣小縣郡丸子町

鐘淵紡績株式會社丸子工場

電話、丸子 一三五番 二三三番

鲁迅藏日本笺纸“绢之纸”所附说明页

鲁迅藏日本产丝质笺纸，盒装，面上置一页说明页。这种“绢之纸”属于比较珍贵的笺纸，一般作为礼品，较少书写使用

“绢之纸”书简笺选页之一

“绢之纸”书简笺选页之二

“绢之纸”书简笺选页之三

“绢之纸”书简笺选页之四

北平澄心堂“汉画笺”

画面为山东嘉祥武梁祠石刻神农、黄帝像拓本。鲁迅对汉代画像砖、画像石多有研究，该题材笺纸应该是他心仪之物

北平淳菁阁“陈师曾摹古彝器纹笺”

王仁治所绘“蔬果笺 · 石榴”

王仁治所绘“蔬果笺 · 龙眼”

王仁治所绘“蔬果笺·荔枝”

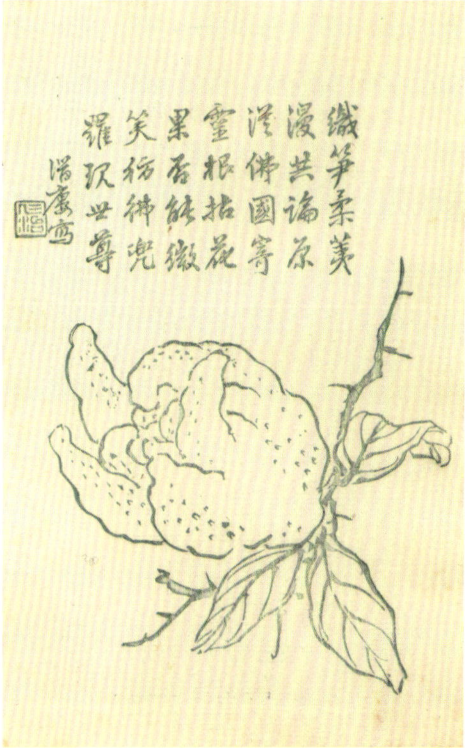

王仁治所绘“蔬果笺·佛手”

王仁治，字潜楼，又字乐潜，号泠公，浙江杭州人，清光绪年间画家。鲁迅遗笺中有十种王仁治所绘蔬果笺，均未钤印纸店名，故无从判断为哪一家出品。

王仁治所绘“蔬果笺·樱桃”

王仁治所绘“蔬果笺·金橘”

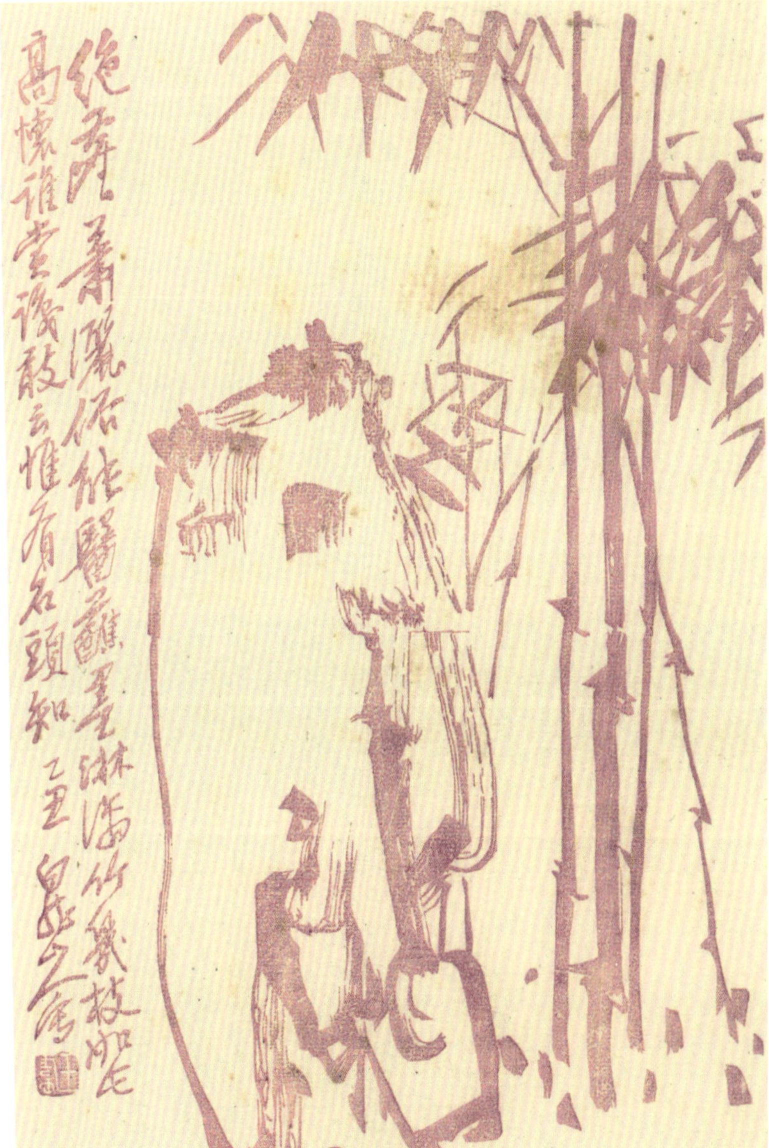

上海九华堂宝记“竹石笺”（王震绘）

上海九华堂宝记“金鱼笺·豪梁乐趣”（朱偁绘）

上海九华堂宝记“金鱼笺 · 依蒲在藻”

（朱偁绘）

上海九华堂宝记“金鱼笺”

（朱偁绘）

上海九华堂宝记“梅花笺·折枝绿梅”

上海九华堂宝记“梅花笺·折枝红梅”

上海九华堂宝记“花卉笺·牡丹”

上海九华堂宝记“花卉笺·芭蕉”

上海九华堂宝记“人物笺 · 无量寿佛”
（金榕绘）

上海九华堂宝记“人物笺 · 达摩像”
（沈景乾绘）

上海九华堂宝记“山水笺 · 秋山寻野”

（金梦石绘）

上海九华堂宝记“山水笺 · 古木寒山”

（仿李长蘅）

上海九华堂宝记“西湖景致笺 · 南屏晚钟”

上海九华堂宝记“西湖景致笺·平湖秋月”

上海九华堂宝记“山水笺·秋江闲钓”
（顾青瑶绘）

上海九华堂宝记“山水笺”
（顾青瑶绘）

上海九华堂宝记“山水笺·清江帆影”

上海九华堂宝记“山水笺·溪亭闲眺”

上海九华堂宝记“祥云笺”

上海九华堂宝记“祥云笺”

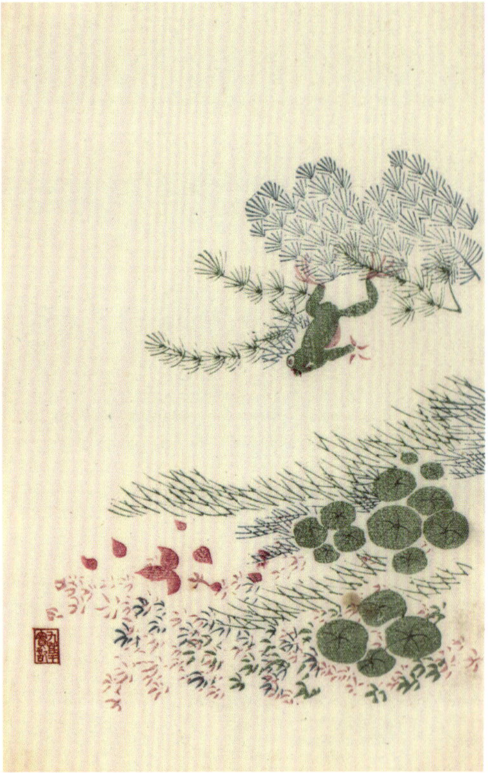

上海九华堂宝记“花鸟昆虫笺·池塘蛙蚪”

上海九华堂宝记“花鸟昆虫笺·喜从天降”

上海九华堂宝记“花鸟昆虫笺·秋叶”

上海九华堂宝记“花鸟昆虫笺·花蝶”

上海九华堂宝记“花鸟笺·双栖”

上海九华堂宝记“花鸟笺·喜鹊”

上海九华堂宝记“山水笺·山林策杖”（俞法三绘）

上海九华堂宝记“山水笺·春江一曲报村流”
（姚叔平绘）

上海九华堂宝记“山水笺·小桥流水曲通村”
（姚叔平绘）

上海九华堂宝记“蔬果笺”（金梦石绘）

上海九华堂宝记“风和闻马嘶”笺
（金梦石绘）

上海九华堂宝记“抚孤松而盘桓”笺
（汪琨绘）

洪葆荣绘竹画笺“清风徐来”

（此笺未钤印纸店名号）

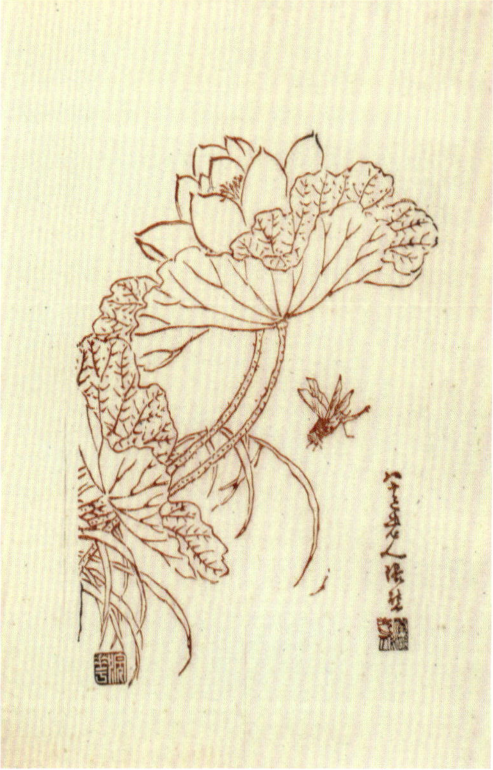

杭州浣花斋荷花笺

（张熊绘）

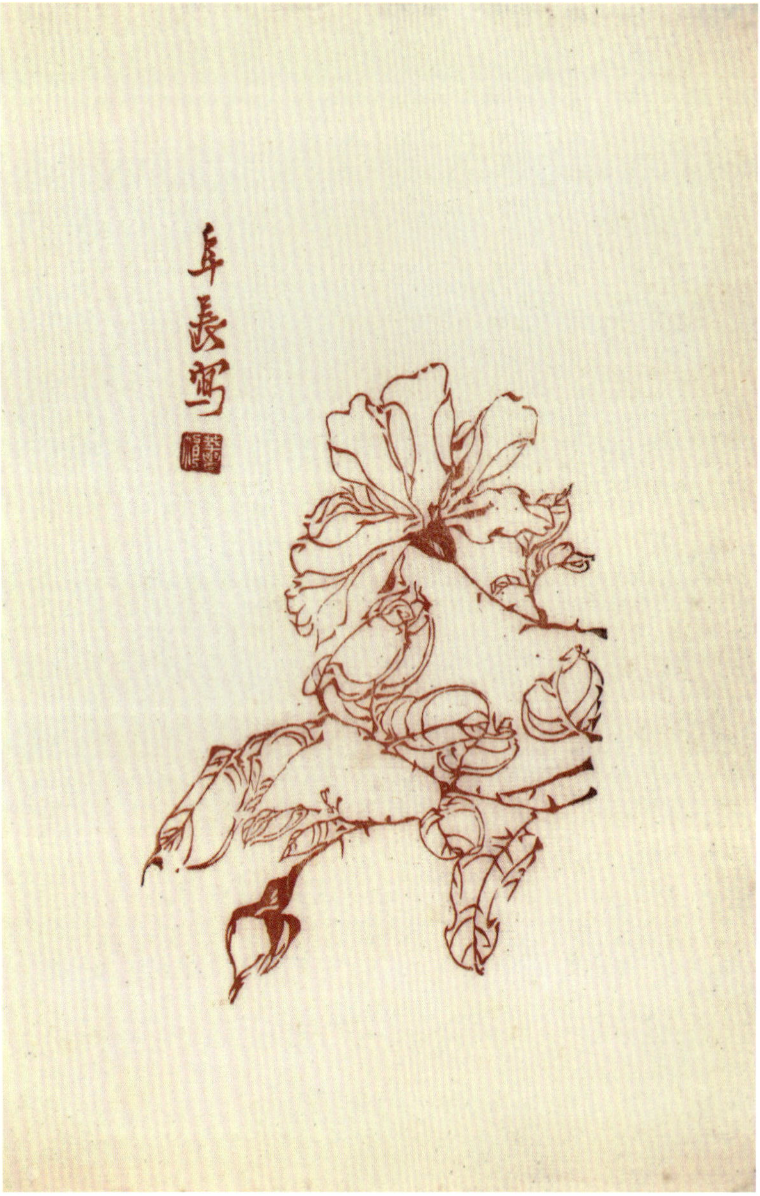

任薰绘花卉笺（此笺未钤印纸店名号）

北平静文斋“山水笺·寒山”
（章炳汉绘）

北平静文斋“山水笺·停琴待月”
（章炳汉绘）

天津文美斋花卉笺之一（张兆祥绘）

天津文美斋花卉笺之二（张兆祥绘）

天津文美斋花卉笺之三（张兆祥绘）

天津文美斋花卉笺之四（张兆祥绘）

天津文美斋花卉笺之五（张兆祥绘）

天津文美斋花卉笺之六（张兆祥绘）

北平松华斋疏果花卉笺之一（齐白石绘）

北平松华斋疏果花卉笺之二（齐白石绘）

北平彝宝斋金鱼笺（王诏绘）

李辅耀绘“诗笺 · 万点飞花在雨余”

李辅耀绘“诗笺 · 万古云霄一羽毛”

李辅耀(1848—1916)，字幼梅，晚号和定居士，亦号定叟，湖南湘阴人，宦游浙江三十年之久。其为杭州西泠印社早期赞助社员，诗书画印无所不精，所作精雅。他曾于杭州孤山“小盘谷”置地筑墅，取名“西泠寓斋”，即现在的“西泠印社”。鲁迅所遗这批画笺为李辅耀所绘，笺上未钤印纸店名号，估计应于杭州所购。

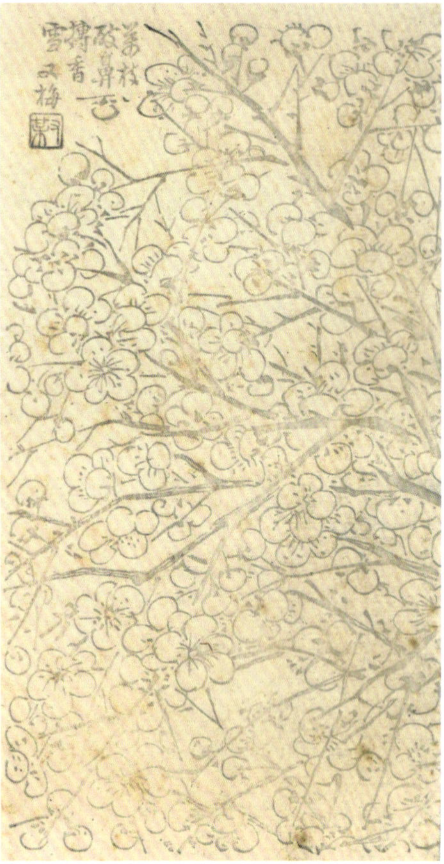

李辅耀绘“诗笺·万枝破鼻抟香雪”

李辅耀绘“诗笺·万荷影里歌声过”

李辅耀绘“诗笺 · 万条烟柳锁春晴”

李辅耀绘“诗笺 · 万骑如风追不及”

李辅耀绘“诗笺 · 万里桥西一草堂”

李辅耀绘“诗笺 · 万里秋风菰菜老”

后记

我们有幸在重讲鲁迅故事、发掘博物馆藏品，遴选生动、典型的展品过程中，目睹了一系列鲁迅的亲笔书信。一时间，觉得博物馆工作的热度和意义，趣味和成就感，大约也莫过于此了。喜欢历史的人，也必然看重历史人物。从某个角度说，历史往往就是各类人物活动素材堆积起来的真相。敬阅这些珍贵书信，犹如回到了当时的语境中，触摸到了历史，感知到了鲁迅的温度。文人交往，可以那样地靠文字来鸿去雁；那些尺牍短笺，有时竟然可以那样山水、花鸟点缀其间，满纸生辉。传统书信固有的魅力、鲁迅特殊的人格的魅力，使我们入迷，使我们钦佩而生敬意。

在解读这些书信时，许多学者、老师的专著、论述，本单位及兄弟单位编撰的学术成果，给了我们很大帮助，在此深表感谢。

这些成果是：

上海鲁迅纪念馆编、郑亚主编《上海鲁迅纪念馆藏品选》，上海辞书出版社2018年版；

上海鲁迅纪念馆编《上海鲁迅纪念馆藏鲁迅手稿选》，上海人民美术出版社2017年版；

邱作健选编《鲁迅书法珍品集》，上海文化出版社2010年版；

黄乔生编著《鲁迅信札珍赏》，辽宁美术出版社2019年版；

夏晓静编《母亲大人膝下：鲁迅致母亲信，1932—1936》，中国青年出版社2019年版；

张杰编著《鲁迅藏同时代人书信》，大象出版社2011年版；

乐融《上海鲁迅纪念馆藏鲁迅信札的梳理解读》，《上海鲁迅研究》2016年第1期；

李浩《鲁迅与〈北平笺谱〉》，载上海鲁迅纪念馆编《纪念鲁迅倡导新兴版画85周年暨张望诞辰100周年学术研讨会论文集》，上海文化出版社2017年版；

顾音海著《明清尺牍》，台北度假出版有限公司1995年版；

顾音海著《博物视野里的鲁迅》，上海辞书出版社2019年版。

另外，特别感谢浙江摄影出版社为我们的解读提供了出版机会，并精心编辑制作，以飨读者，服务社会。鉴于自身学力所限，难免不尽如人意，错误不当之处，尚祈读者指正。

编者谨识

2021年6月

作者简介

邹晏清，1987年出生于上海，上海师范大学毕业，现供职于上海鲁迅纪念馆，文物博物专业技术副研究馆员。长期从事文物博物馆业务管理及整理，参加鲁迅研究项目并承担《上海鲁迅纪念馆藏美术品选》《鲁迅图传》部分内容的撰写，发表有《关于鲁迅生平基本陈列中“物”的使用刍议》《鲁迅〈图传〉〈画传〉诸版本的概览》《鲁迅的藏笺与用笺》等论述多篇。

詹秋洁，1986年出生于上海，上海戏剧学院毕业，先后供职于中共“一大”会址纪念馆、上海科技馆、上海鲁迅纪念馆，文物博物专业技术馆员。长期从事文物博物馆宣传教育，发表有《探访“一大”》《鲁迅与绘图本〈山海经〉》《从杨涵版画〈徂徕山起义〉看新兴木刻的创作》《心香一瓣念鲁迅——观文献剧〈鲁迅：1936年的秋天〉有感》《鲁迅的藏笺与用笺》等论述多篇。

谨以此书纪念鲁迅先生诞辰一百四十周年